BETA

BUFFET D'EXTRATERRESTRES

ANONYMES

Roberto Lemos

BETA

Buffet d'extraterrestres anonymes

Contact avec les aliens

Édition : BoD – Books on Demand, info@bod.fr
Impression : BoD – Books on Demand, In de Tarpen 42,
Norderstedt (Allemagne)
Impression à la demande

ISBN : 978-2-3220-1239-8
Dépôt légal : fevrier 2023

À mes années martiniquaises.

CHAPITRE 1

GROGNON

Si on interrogeait les gens dans la rue, ils trouveraient sûrement génial de pouvoir ressusciter indéfiniment. Au programme : vie éternelle et surtout possibilité de tester des activités dangereuses voire mortelles sans en subir les conséquences. Un peu comme la sauvegarde dans un jeu vidéo : on hésite entre deux portes ; on en essaie une ; ce n'est pas la bonne ; le personnage meurt ; on reprend le jeu juste avant le choix fatidique et on en choisit une autre. Sur le papier, c'est sexy, à n'en pas douter. Mais le vivre au quotidien…

Oh, bien entendu, je ne m'en suis jamais plaint. Qui irait pleurer sur mon sort ? Mais tout n'est pas parfait. Déjà, résurrection ou pas, être blessé ou mourir fait toujours un mal de chien. Et puis, on ne choisit pas le corps dans lequel on atterrit. Mes précédentes expériences m'avaient enseigné que se retrouver dans le corps d'une fillette ou d'un centenaire comportait certains inconvénients. Et je ne parle pas de la gestion d'une résurrection sur le plan des relations sociales : les parents et les amis ont en général un peu de mal à accepter que l'enveloppe corporelle de celui qu'ils connaissaient puisse soudainement avoir un occupant différent.

Bref, c'est plus ambivalent qu'il n'y paraît. Voilà ce que je dirais aux gens, s'ils me posaient la question. Malheureusement, personne ne me la posera. Peu de gens sont au courant de mes capacités. Un colosse culturiste qui dispose de la même faculté que moi, possède les mêmes origines extraterrestres et ne s'intéresse qu'aux dessins animés. Une harpie avec un corps de fantasme et un caractère de cochon. Un flic roublard et son équipe. Mon monde se réduit à peu de chose. J'oublie quelques agents de la NSA qui doivent m'en vouloir à mort et fabriquer des poupées vaudoues à mon effigie. Alors, avec qui voulez-vous que je parle de mes atermoiements de privilégié ?

Telles étaient mes amères réflexions, quelque part dans une rue d'Amsterdam. Pour tout le monde, cette ville est synonyme de lumière rouge et de filles patientant derrière une vitrine, de cannabis provenant légalement du monde entier, même des pays où il est illégal, de bouteilles de bière vertes et de canaux indénombrables. Pour certains, le nom est celui d'une chanson qui vous immerge dans le monde des marins et des ports. Pour de rares esthètes, enfin, la ville rime avec tableaux anciens et peintres participant des années après leur disparition à la promotion des produits laitiers.

Mais pour moi, ce lundi 11 novembre en début de soirée, Amsterdam se résumait à un vent froid et humide qui s'immisçait partout, une nuit sinistre qui vous tombait dessus comme un linceul et des commerces fermés dès 17h. Sauf les vitrines des prostituées et les *coffee shops*, évidemment. N'ayant besoin ni de sexe rapide ni d'un joint, ma soirée s'avérait donc morose. D'autant plus que j'étais en planque.

Depuis ma petite voiture garée le long d'un canal sombre, je surveillais un carrefour sur lequel donnait l'entrée d'un hôtel de luxe et en face de celui-ci la devanture d'un restaurant étoilé, miraculeusement ouvert. À l'intérieur, en train de dîner, se trouvait Marianne. Comment vous décrire Marianne simplement ? Ce n'est pas évident. Elle est capable de réveiller votre feu intérieur par un seul de ses regards et de l'éteindre aussitôt d'une seule parole.

Je l'avais connue dans une vie antérieure. Ou plutôt, un de mes corps précédents et son occupant de l'époque l'avaient connue. Apparemment, nous nous étions rencontrés pour une prestation tarifée et j'étais parti sans payer. Du moins, c'est ce qu'elle a toujours prétendu. Impossible de le savoir de manière certaine, car je perds systématiquement tous les souvenirs des corps dans lesquels je ressuscite. Par conséquent, elle pouvait aussi bien avoir menti depuis le début. Si je ne me souvenais pas de ses services d'escort, j'étais en mesure de certifier sans problème ses talents d'informaticienne. Son deuxième métier. Ou son premier, ça dépend de comment vous percevez les choses.

Enfin, ça, c'étaient ses anciens métiers. Désormais, nous travaillions tous deux pour le même employeur : le contre-espionnage français. La Direction Générale de la Sécurité Intérieure nous avait sortis du pétrin et offert du travail. Marianne s'était glissée dans cette nouvelle vie sans aucune difficulté.

En cet instant précis, elle était d'ailleurs occupée à embobiner deux dirigeants de la mafia russe, en leur faisant croire qu'ils s'étaient installés par hasard à la table à côté de la sienne, qu'elle était une fille facile, naïve et sans défense et qu'ils pourraient l'emmener une fois le dîner fini dans leur chambre d'hôtel.

Je les plaignais.

Mais pas trop.

*

*   *

Je perçus du mouvement derrière la porte vitrée du restaurant. Le repas était déjà fini. Il était à peine 20 heures. On mange tôt aux Pays-Bas. Et puis les mafieux devaient être pressés de montrer la chambre à coucher de leur suite à Marianne. Ils semblaient tout droit sortis d'une série parodique : à moitié chauves, bedonnants, le teint rougeâtre, ils parlaient fort, faisaient de grands gestes de matamores et pensaient être intouchables et invincibles. On les repérait à des kilomètres.

Encadrée par les deux types, Marianne riait bêtement, titubait un peu et donnait l'impression d'être éméchée et de ne pas comprendre ce qui lui arrivait. Elle aurait dû faire du théâtre.

Un porte-flingue manquant de discrétion suivait le trio à une dizaine de mètres et scrutait chaque recoin du carrefour. Son regard glissa sur mon pare-brise. Je résistai au réflexe de me rencogner contre mon siège, geste idiot qui m'aurait fait repérer. Et geste inutile : il faisait trop sombre et on ne pouvait pas me discerner. Et puis, le gorille était de mauvaise humeur et observait Marianne avec acrimonie.

Je supposai que lors des déplacements de ses employeurs, il ne bénéficiait ni des mêmes suites luxueuses, ni des mêmes repas pantagruéliques, arrosés de bouteilles onéreuses. Ce soir, après avoir mangé le menu le moins cher à une table à part, il se voyait déjà passer la soirée à surveiller le couloir pendant que ses patrons s'amuseraient avec Marianne.

Le groupe finissait de traverser le carrefour et s'engouffrait dans l'hôtel. Je murmurai :

— *D'aigle à serpent : les proies sont entrées.*

Et je sortis au milieu des froides bourrasques.

— *De serpent à aigle : bien reçu. Je les attends. Ils vont morfler ! Je vais les bouffer !*

Schwarzy se croyait toujours obligé d'en faire trop. Les noms de code étaient une idée à lui : le « S » de Schwarzy était devenu « serpent » et le « A » d'Aristote « aigle ». Je trouvais ça ridicule, mais j'avais fini par céder, à l'usure, comme sur beaucoup de sujets.

J'atteignis la porte de l'hôtel, que m'ouvrit un groom et me dirigeai vers les ascenseurs sans que personne ne m'intercepte. La légendaire discrétion du personnel dans les hôtels de luxe était appréciable. Le gorille s'impatientait seul devant les ascenseurs : manifestement, ses employeurs n'avaient pas voulu de lui dans la cabine et il attendait la suivante. Quels abrutis ! Pourquoi avoir un garde-du-corps, si c'était pour l'exiler au loin ? Ils avaient sûrement craint que sa présence dégrise Marianne et la rende méfiante.

Je m'arrêtai à côté de lui et, afin de mieux jouer les crétins inoffensifs, appuyai plusieurs fois sur le bouton d'appel de l'ascenseur, pourtant déjà allumé.

— Ça ne le fera pas venir plus vite, remarqua l'autre en anglais.

Je lui souris d'un air penaud et me mis à contempler avec intensité les portes de l'ascenseur, comme s'il s'était agi de la plus sublime œuvre d'art. Elles finirent par s'ouvrir et je m'y engouffrai sans attendre, pour continuer à jouer mon rôle d'impatient impoli. Je pressai le bouton de son étage et me tournai vers le porte-flingue pour savoir à quel étage il allait lui aussi. Il hocha la tête et se contenta d'un « c'est bon ».

Il avait un accent slave à couper au couteau, instrument qu'il devait probablement adorer manier. Je profitai de la montée pour l'observer à la dérobée et trouvai qu'il avait la tête de l'emploi : de petits yeux méchants, un visage fermé, une bouche crispée sur une moue méprisante. Sans parler des deux cicatrices qu'il arborait : une grande balafre qui courait de la moitié du front jusqu'à l'oreille droite et une méchante estafilade dans le cou. Visiblement, ses adversaires aussi appréciaient le couteau.

J'étais encore étonné d'avoir eu le réflexe d'appuyer sur le bouton de l'étage avant lui. Si ça avait été l'inverse, il aurait sans doute trouvé cela louche. Tandis qu'ainsi, c'était lui qui descendait à mon étage et non l'inverse. Peut-être que je commençais à m'habituer à mon métier.

Nous parvînmes enfin au huitième étage. Je sortis bien sûr avant lui, puisque j'étais censé être pressé, et pris à droite en direction de l'appartement des mafieux. Le garde-du-corps me suivit. Ou plutôt, je le précédai et calai ma vitesse sur la sienne pour ne rester qu'à deux mètres devant lui.

Je dépassai la porte de la suite et entendis le porte-flingue fouiller une de ses poches pour attraper sa clé magnétique. Je me retournai subitement, tendis mon corps et dans un même mouvement lançai mon poing d'un geste circulaire qui finit contre sa tempe droite. Le pauvre gars s'écrasa avec un hoquet contre la porte, avant de glisser lentement au sol, inanimé. Je le ramassai, le soulevai sans difficulté malgré ses cent kilos de muscles et, tout en observant le couloir, frappai trois coups discrets à la porte.

Celle-ci s'ouvrit sur un Schwarzy rayonnant, comme à chaque fois qu'il participait à un coup de main. Je balançai le gorille sur la moquette épaisse et fis le tour de la suite pour me faire une idée de la situation. Le premier mafieux gisait derrière le canapé, là où Schwarzy l'avait surpris en bondissant d'un placard comme un diable de sa boîte. Mais un diable d'un quintal et demi. Le front de l'un avait cogné la bouche et le nez de l'autre. Sans surprise, le front avait gagné. Le gars sur le sol avait le visage en sang, la paroi nasale tordue et plusieurs dents éclatées. Il avait morflé, ainsi que l'avait promis

Schwarzy, et ne reviendrait pas à lui avant longtemps. Je soupçonnai même une commotion cérébrale. Pas top. S'il était trop amoché, nos employeurs ne seraient pas contents.

— Tu as taché la moquette. Les autres vont devoir nettoyer pour effacer les preuves.

Il haussa les épaules et alla vérifier que le porte-flingue était bien dans les vapes et ne risquait pas de se réveiller. Il l'était. Mon travail était moins tape-à-l'œil mais tout aussi efficace. Lorsque l'on possédait une force surhumaine – ou plutôt inhumaine, dans notre cas –, le plus délicat était de bien doser la puissance des coups. Maintenant, Schwarzy et moi étions rodés, mais au début nous en avions abîmé quelques-uns. Rien qui n'ait empêché la DGSI de les interroger par la suite et rien d'irréparable. Sauf dans le cas d'un criminel kosovar qui trafiquait des enfants pour acheter des armes qu'il refilait à des terroristes du Sahel. Un vrai humaniste, aujourd'hui tétraplégique. Schwarzy avait prétendu avoir « mal calculé sa force ». Personnellement, j'en doutais. Bizarrement, personne ne nous avait fait de reproches.

Je partis à la recherche de Marianne et la trouvai dans une des chambres à coucher, avec le troisième larron. Un simple coup d'œil sur la scène me permit de comprendre comment les événements s'étaient déroulés. En entendant Schwarzy fracasser le visage de son camarade, le mafieux avait voulu aller voir ce qu'il se passait. À peine son attention détournée, Marianne avait empoigné la matraque électrique qu'elle gardait constamment dans son sac à main et la lui avait enfoncée dans l'entrejambe. Cet endroit du corps masculin était la cible de prédilection de ses attaques. Freud aurait pu certainement en parler abondamment. Si elle consultait un jour un psychiatre, je paierais cher pour obtenir une copie des entretiens.

Bref, le type était tombé sur le lit et ne s'était pas relevé. Les yeux révulsés, la bave suintant à la commissure des lèvres, il poussait parfois un gémissement auquel Marianne répondait par une nouvelle décharge dans les joyeuses. Prudent, je ne lui fis aucune remontrance.

Dans le salon, après avoir passé des menottes aux deux gars étalés sur le sol, Schwarzy s'était installé devant la télé et avait zappé sur une chaîne passant des mangas. Naturellement, les dialogues étaient en néerlandais et il n'y comprenait rien, mais ça n'avait pas l'air de le déranger.

Schwarzy était une masse de muscles impressionnante dont l'étroite ressemblance avec Arnold Schwarzenegger était frappante. D'où son surnom. Il affichait un penchant immodéré pour les dessins animés, les biscuits trempés dans du lait et les expressions débiles. Quand je l'ai connu, il poussait des jurons insensés incluant toutes les divinités possibles. Désormais, avant chaque combat, il clamait qu'il allait « bouffer » ses adversaires.

Mais le vrai lien qui nous unissait était le fait que nous étions tous deux des extraterrestres. En général, si on hurle qu'on vient de Saturne ou de Vénus, la camisole et la chambre capitonnée ne sont pas loin. Nous, au contraire, avions trouvé un emploi.

Je revins à ma mission et me concentrai un moment pour passer un appel.

— *D'aigle à dragon : les poussins sont capturés.*

Schwarzy avait proposé « dindon » pour la DGSI. Bébel avait opposé une fin de non-recevoir et choisi « dragon ». Tellement classique.

— *De dragon à aigle : parfait. Nous serons là dans dix minutes. Évacuez.*

Je tapai une fois dans mes mains.

— Allez ! On dégage !

Schwarzy se leva et éteignit la télévision, sans cesser de sourire et sans faire attention aux empreintes qu'il laissait partout : de toute manière, on passerait nettoyer. J'entendis un ultime crépitement en provenance de la chambre et Marianne en sortit, rangeant sa matraque électrique dans son sac.

— Schwarzy, tu pars le premier, dis-je en consultant ma montre.

L'intéressé se glissa dans le couloir et disparut. Deux minutes plus tard, ce fut au tour de Marianne. J'attendis deux minutes moi aussi et ressortis de la suite, suivis le couloir, pris l'ascenseur, traversai le vestibule de l'hôtel et me retrouvai dehors.

Personne à l'horizon. Seulement le vent froid. Dans le restaurant où avaient dîné nos mafieux, les serveurs étaient déjà à l'œuvre : ils balayaient, empilaient les chaises, rangeaient les couverts propres… Il n'était que 20h33.

Je retournai me réfugier dans la voiture. Au lieu de démarrer et partir, conformément aux consignes du manuel « soyez un bon agent secret en 378 points », je me mis à observer la rue. J'essayais de guetter le mouvement des équipes qui allaient finir le travail que nous avions entamé. En vain. Il s'agissait de vrais professionnels. Ils devaient déjà se trouver dans la suite à tout nettoyer, remettre en ordre et exfiltrer les deux caïds et leur gorille, devenus prisonniers sans même le savoir.

Oui, de vrais professionnels. Contrairement à nous. Nous servions uniquement à faire le boulot trop exposé. Schwarzy et moi étions quasi-invulnérables et avec Marianne nous étions probablement considérés comme pouvant être sacrifiés.

Je perçus soudain un mouvement furtif à l'intérieur d'une voiture garée au-delà du restaurant. Aïe, j'allais probablement recevoir un rappel à l'ordre.

— *De dragon à aigle : confirmez votre position.*

Nous étions censés partir immédiatement et rentrer d'une traite. Plus de quatre cents kilomètres et quatre heures de route en pleine nuit jusqu'à Paris. Quand je vous disais que ce n'était pas si génial que ça de ressusciter.

Je démarrai la voiture et m'éloignai tranquillement. Je roulai au hasard dans les rues d'Amsterdam. En principe, je devais quitter la ville et le pays immédiatement après ma mission. Toujours selon le fameux manuel. Mais je n'avais pas envie d'obéir au manuel ce soir.

— *De dragon à aigle...*

Je me concentrai et désactivai la communication. Quand je vous disais que j'étais de mauvaise humeur.

CHAPITRE 2

REPRIMANDES ET
POINT DE SITUATION

J'étais bien. La douce tiédeur des draps était d'autant plus agréable que je devinais le froid qui régnait dans la chambre. Je n'étais plus tout à fait endormi, mais pas encore réveillé non plus. C'est une des sensations les plus agréables qui soient. Comme le café quand il est exactement dosé. Un instant que l'on voudrait éternel, bien qu'on le sache éphémère. Cette fois-ci, cela ne dura qu'une seconde.

Blam ! Blam ! Blam !

Des coups retentirent contre la porte, tandis que s'élevait la voix de Marianne, douce comme une scie à métaux découpant un fémur.

— 'Faut que tu te lèves ! On nous attend dans une heure à la maison mère.

Exaspéré, je hurlai en retour :

— Merde ! On est de repos. C'est quoi ce bordel !

Marianne ne daigna même pas me répondre. Je l'entendis repartir le long du couloir. Je sortis toutes les insultes, abondantes, qui me venaient à l'esprit, et fouillai le dessus de ma table de chevet, à la recherche de ma montre. 08h00 ! Mes imprécations augmentèrent encore.

Nous avions beau être mardi, l'usage voulait que le lendemain d'une mission fût un jour de repos et qu'on nous fiche une paix royale. J'y comptais d'autant plus que j'étais rentré largement après trois heures du matin.

Je pestai en sortant de mon lit et en affrontant le froid de la chambre. Je pestai encore en attendant l'eau chaude sous la douche. Et je pestai toujours en perdant l'équilibre pendant que j'essayais de mettre mon pantalon. Heureusement qu'il n'y avait aucun témoin, sinon l'image de l'extraterrestre invincible en aurait été durablement écornée.

J'arrivai dans notre immense salon. Schwarzy et Marianne s'était occupés de la décoration. Avec des goûts diamétralement opposés, ils avaient dû faire de difficiles compromis. Par exemple, sur la gauche, dans la continuité de la cuisine américaine et avant le couloir des chambres, se dressait une sculpture contemporaine toute en piquants, sorte d'oursin géant métallique, qui avait reçu l'approbation des deux décorateurs improvisés. Marianne y voyait une allégorie de la victoire de la civilisation sur l'obscurantisme. Ou de l'esprit sur le consumérisme. Scharzy, lui, n'y voyait que l'obscurantisme et cela lui convenait très bien. Il trouvait que les tiges ressemblaient à des lances médiévales.

Moi, je ne m'en étais pas mêlé et me moquais éperdument de la décoration et des sculptures, du moment qu'on avait un appartement confortable.

Sur le canapé, Schwarzy mangeait des céréales devant des dessins animés. Marianne était assise sur les tabourets hauts du coin cuisine, un mug de café posé devant elle. Je m'en fis un, moi aussi.

— C'est quoi cette histoire ? Pourquoi ils nous laissent pas dormir ?

Marianne me lança un regard assassin. Elle possédait un véritable don pour ça.

— Tu ne le sais pas ?

— Pourquoi je le saurais ?

Je tentai moi aussi le coup du regard, mais avec nettement moins de réussite. Je ne parvins pas au niveau « assassin ». Même pas « cambrioleur ». À peine « pickpocket ».

— Quand j'ai posé la question à Bébel, il m'a répondu : « z'avez qu'à demander à Aristote, beauté ! ». Qu'est-ce que t'as encore fait ?

Elle tambourina de ses doigts sur le plan de travail de la cuisine. Le bruit ressemblait à un staccato de mitrailleuse.

— Qu'est-ce que tu as fait ? répéta-t-elle.

— Rien !

— Pourquoi il a dit ça, alors ?

— Comment tu veux que je sache ce qui lui passe par la tête, à celui-là ?

— Aristote !

J'en avais marre de devoir m'expliquer. Je pris mon mug et me plantai devant la baie vitrée du salon. Depuis notre troisième étage, nous avions une agréable vue sur le grand parc municipal. Il faisait froid et nous étions en semaine. Les sportifs en train de faire des tours étaient donc plutôt rares. À la place, quelques nounous étrangères promenaient les rejetons des cadres supérieurs surmenés.

Dans mon dos, la harpie n'avait pas renoncé :

— J'ai été la première à revenir de notre mission, peu avant 1 heure du mat'. J'étais déjà couchée quand j'ai entendu Schwarzy revenir.

— Si tu étais déjà couchée, comment tu peux savoir que c'était pas moi ?

— Parce qu'il a mis la télé pour regarder des dessins animés japonais. Tu regardes des mangas toi peut-être ?

— Hé ! protesta Schwarzy. On dit des animés.

Indépendamment de leur nom, il m'aurait fallu passer plus de temps à en regarder, moi aussi. Cela m'aurait sans doute fait du bien. En tous cas, ça ne pouvait pas faire de mal : Schwarzy n'avait jamais le cafard et voyait toujours le côté positif des choses sans se prendre la tête.

— Et toi, tu es rentré à quelle heure ?

— J'en sais rien ; j'ai pas regardé l'heure.

— Et t'étais où ?

— Qu'est-ce ça peut te foutre ? Arrête de me casser les noix !

— Ça me concerne, parce que par ta faute, on est obligés de se lever tôt aujourd'hui pour aller se prendre un savon. Je te casse les noix ? C'est rien par rapport à ce que ça va être tout à l'heure.

Elle avait bien entendu raison. Comme souvent.

*

*   *

La DGSI pourvoyait à tous nos besoins. Et pour nous faciliter la vie – ou pour nous garder à l'œil – elle nous avait installés dans un immense appartement situé sur la commune de Levallois-Perret, limitrophe de Paris, où notre employeur avait son siège.

Nous pouvions nous y rendre à pied. Oh, pas directement. La DGSI cultive le secret. Et plus encore la Brigade des

20

Phénomènes Inexpliqués, la BPI, dont nous dépendions. Aussi, nous n'entrions pas par la grande porte. Pour les cas spéciaux comme nous, il existait un accès plus discret. À un pâté de maisons, il y avait une agence bancaire. Ou plutôt, ce qui ressemblait à une agence bancaire. Nous nous y présentions, demandions à descendre à la salle des coffres et une fois en bas, nous empruntions un long tunnel qui passait sous la rue, sous un immeuble de bureaux, sous une supérette et nous permettait d'arriver *incognito* dans les sous-sols de la maison mère.

Comme je m'y étais attendu, Marianne avait eu raison sur toute la ligne : sitôt parvenus à destination et assis dans la salle de réunion, Bébel, le chef de la Brigade, nous secoua les puces et me désigna clairement à la vindicte populaire comme responsable unique de cette remise dans l'axe. Marianne ressemblait à un pitbull toisant un basset et même Schwarzy faisait sa tête des mauvais jours. Prudemment, les autres policiers autour de la table faisaient comme s'ils n'assistaient pas vraiment à la réunion.

— Non, mais franchement, Aristote. C'est quoi votre problème exactement ?

Comme je ne répondais pas, il continua :

— Comment voulez-vous que je ne m'énerve pas ? Vous m'avez déçu.

Il se mit à énumérer sur ses doigts de boxeur :

— Vous ne partez pas immédiatement, comme c'est prévu. Vous coupez la communication avec nous. Vous traînez je ne sais où avec les risques que ça comporte. Pourquoi vous me faites ça, mon petit Aristote ?

Je sentis venir la phase de culpabilisation larmoyante.

— On n'a pas toujours été là pour vous trois peut-être ? On vous sauve des griffes de la NSA ; on s'occupe de vous ; on vous traite comme des rois ; on vous offre notre protection.

Bingo !

— Vous nous utilisez, répliquai-je.

— On vous donne du travail, rectifia-t-il.

— On fait votre sale besogne.

— Vous arrêtez de dangereux et ignobles criminels.

Que vouliez-vous répondre à cela ? Je gardai donc le silence, ruminant intérieurement mes reproches.

— D'ailleurs, que sont devenus les gars d'hier ? intervint Schwarzy.

— On les interroge. Sans trop les brusquer.

Ils devaient déguster.

— Ils ont plein de choses à nous raconter. Vous avez fait du bon boulot et vous pouvez en être fiers : grâce à vous, un réseau entier de la pire mafia russe va tomber.

Là, il nous brossait dans le sens du poil. Il était vraiment trop fort. Comment lutter ? Je tentai néanmoins un dernier baroud d'honneur.

— Vous avez promis de trouver des réponses sur Schwarzy et moi.

— Mais, on s'y emploie. Même si ça n'a rien d'évident. Tenez, Alexandre va nous faire un point.

L'intéressé, l'esprit ailleurs, ne réagit pas tout de suite.

— Alexandre ! répéta Bébel en tapant dans ses mains.

Le claquement sonore fit sursauter le dénommé Alexandre qui se leva précipitamment. Rondouillard, le front dégarni, il portait des lunettes en écaille et un costume. Deux différences fondamentales par rapport à tous ceux qui l'entouraient. Il passa cinq minutes à essayer de faire fonctionner le vidéoprojecteur, avant que Marianne, experte en tout ce qui présentait un écran ou des boutons, vienne à sa rescousse.

— Merci, bredouilla-t-il en remettant en place les lunettes sur son nez.

Alexandre n'était ni policier, ni scientifique, mais il possédait une floppée de diplômes en sciences humaines. Et surtout il était un spécialiste internationalement reconnu des ovnis et de tous les phénomènes extraterrestres. La BPI était parvenu il y a trois ans de cela à le dérober au ministère de la Défense, que le sujet n'intéressait pas vraiment.

Depuis presque un an, à l'exception de Bébel, c'est sûrement lui que nous avions le plus fréquenté. Au début, il était intarissable de questions. Un an après, il l'était encore. Cela faisait plusieurs semaines que Bébel nous promettait un point de situation sur les informations récoltées par Alexandre auprès de ses confrères ufologues. Nous l'avions enfin.

— Bonjour à tous !

Quand il parlait en public, il ne regardait jamais son auditoire. Il fermait les yeux. Je n'avais jamais réussi à savoir si c'était par timidité pathologique, par excentricité ou parce que le sujet l'inspirait tellement qu'il s'immergeait dans son for intérieur.

— Concernant ceux que par commodité nous appellerons « les Poulpes »...

Je n'aimais pas ce nom, mais il fallait avouer qu'à part les calmars, la pieuvre était l'animal qui ressemblait le plus à notre forme extraterrestre. D'ailleurs, une image de nos corps flottant dans des cuves apparut sur l'écran. Une sphère lisse et noire avec deux points rouges comme des yeux semblait figurer la tête. Un corps oblong en-dessous d'où jaillissaient de multiples tentacules, à moins que ce soient simplement des verrues particulièrement développées. Comment savoir ?

Parmi les policiers, quelques-uns sourirent bêtement : notre trombine réelle faisait toujours marrer. J'eus envie de leur exploser la tête. Je me retins. Apparemment, ça ne se faisait pas. Sauf si tu tombais sur un mafieux russe que la DGSI t'avais demandé de capturer.

— Nous n'avons que peu de connaissances sur nos invités, car c'est une race qui n'est pas souvent venue sur notre planète.

Il paraît que les principaux pays ont mis en place un réseau d'échange de données et d'informations sur les extraterrestres.

— La première mention date d'il y a vingt ans. À cette époque, les États-Unis partageaient encore leurs informations avec nous. Il semblerait qu'un représentant en matériel d'insémination artificielle pour porcs qui était en tournée ait fait une rencontre sur une route déserte de l'Arkansas. Outre les caractéristiques habituelles d'une telle confrontation – voiture qui tombe soudainement en panne, lumières aveuglantes, bruit strident – il a décrit deux silhouettes qui, je cite, « ressemblaient à deux poulpes obèses et noirâtres avec des petits yeux méchants lumineux ». D'où l'appellation « Poulpe » donnée par la suite à cette race extraterrestre.

Nous devions notre nom à un plouc sur une route déserte. Schwarzy se pencha vers moi, sarcastique.

— Estimons nous heureux qu'on ne nous ait pas appelés les « obèses » ou les « yeux méchants ».

Je hochai la tête.

— Ils ont communiqué avec le reproducteur de truies ? demanda Bébel.

— Euh, avec le représentant de commerce ? En fait, non. Il était Texan : il a sorti une arme à feu de sa boîte à gants et a tiré à l'aveuglette, sans autre résultat probant que le départ des Poulpes.

Alexandre rajusta ses lunettes. Je me demandai bien pourquoi, vu qu'il passait son temps les yeux fermés.

— Mais en fait, il y avait déjà eu une première visite, passée inaperçue à l'époque. C'était dans les années 60. Deux avions soviétiques en patrouille au-dessus de la péninsule de Kola, près du cercle arctique, ont intercepté un ovni, ou plutôt « une étrange lumière orange se déplaçant très vite », et l'ont abattu. L'appareil s'est écrasé du côté norvégien et s'est consumé. Quand un détachement de l'armée royale norvégienne s'en est approché, il n'en restait plus rien, excepté le cadavre d'un Poulpe qui avait dû être éjecté lors de l'impact.

Sur l'écran apparut une vieille photographie en noir et blanc. On y voyait une espèce de baudruche dégonflée, qui aurait pu ressembler autant à un ballon de rugby ratatiné qu'à une peau de morse écorché posée sur la neige. Bébel fut le premier à exprimer ses doutes.

— Alexandre, tu es sûr qu'on parle de la même chose, là ? Ça ressemble à rien, ton truc. Il n'y a même pas de tentacules.

Alexandre rajusta une nouvelle fois ses lunettes, toujours sans rouvrir les yeux.

— C'est la raison pour laquelle cet incident-ci n'a pas été comptabilisé comme une visite « Poulpe ». Les pseudopodes ont peut-être grillé et disparu.

— Et pourquoi au Texas, ils ne se sont pas décomposés au contact de l'air quand ils sont sortis de leur navette ? s'interrogea Marianne.

— Peut-être que le processus est inhibé tant qu'ils sont conscients ? Ou ils portaient un équipement particulier ?

— Mouais. Beaucoup de suppositions, déclara Bébel. Tu as quoi d'autre sur cet événement ?

— Pas grand-chose. J'ai eu ces quelques informations de manière informelle par un contact, mais je vais devoir faire une demande officielle aux autorités norvégiennes. Bien sûr, l'idéal serait que je me rende sur place…

Alexandre ouvrit enfin les yeux. Il passait son temps à quémander des voyages à l'autre bout du globe, que Bébel finissait toujours par lui accorder.

— On verra, se contenta de répondre Bébel. Continue.

— Oui, bon, euh. En ce qui concerne les caractéristiques des Poulpes, nous ne parvenons pas à beaucoup avancer. Les expérimen…

Sans ouvrir les yeux, Alexandre accomplit la prouesse de se tourner vers Schwarzy et moi. Il toussota comme pour s'excuser.

— Je disais donc que nous ne pouvons pas réaliser tous les tests que nous souhaiterions sur les… spécimens en notre possession.

Il toussota à nouveau. Je crispai la mâchoire : parmi les choses qui avaient tendance à m'exaspérer, il y avait cette question des expérimentations. J'avais l'impression non seulement de me faire exploiter mais aussi de servir de rat de laboratoire.

Bébel sentit venir chez moi une nouvelle crise contestataire et préféra la tuer dans l'œuf. Il regarda sa montre, releva ostensiblement les sourcils dans un geste de comédien qu'il savait interpréter à la perfection et se leva pour mettre fin à la réunion.

— O.K. Il est bien tard et tout le monde a du boulot. Alexandre, merci pour ton excellent point de situation. On en reparle. Les autres, ouste ! On ne vous paie pas à rien faire.

Tous les policiers, revêtus du même blouson de cuir élimé que leur chef, libérèrent leur chaise et prirent le chemin de la sortie.

— Vous trois, vous vous reposez : vous l'avez bien mérité.

Je faillis lui demander pourquoi dans ce cas il nous avait obligés à nous lever, mais je gardai ma remarque pour moi.

— Rendez-vous demain à 09h00. Vous allez bosser un peu.

Ce qui signifiait qu'il y aurait des tests sur nos corps originels. Cela n'adoucit pas mon humeur.

CHAPITRE 3

JEUX D'OMBRES

Le lendemain fut un jour de travail. En fait, plus précisément, ce fut un jour de « tests ». Schwarzy et moi servîmes de cobayes. Quand nous avions quitté l'appartement, Marianne faisait sur son ordinateur des choses auxquelles je ne comprenais rien. Elle avait mentionné un passage par son spa préféré pour une séance de massage et hammam. J'étais persuadé que cette annonce n'était destinée qu'à nous énerver. C'était son domaine d'excellence.

Schwarzy et moi nous trouvions donc nus en-dehors d'un slip, bardés d'électrodes et assis en face de notre cuve respective, à contempler chacun notre deuxième corps. Notre corps originel. À moins qu'il soit lui aussi un emprunt et qu'une famille de Poulpes quelque part dans l'univers était à la recherche de son grand-père ou de l'épouse devenus soudainement étranges avant de disparaître de la circulation.

Drôle de sensation de se trouver dédoublé et aussi différent. Surtout quand il ne ressemble pas à son propre corps. La cuve était énorme : au moins deux mètres de diamètre et plus de trois mètres de haut. Nous aurions en effet pu nous faire appeler les « Obèses ». La cuve était remplie de ce qui ressemblait à de l'eau, sûrement mélangée à d'autres choses inconnues dont on n'avait pas jugé utile de nous informer.

— Début de la séquence, annonça un des scientifiques.

Au début, on s'était contenté de prendre passivement des mesures. Puis, les tests avaient été plus intrusifs : incisions ou prélèvements. Je craignais désormais le futur passage à l'étape vivisection et lobotomie…

Pour le moment, des bras articulés et télescopiques descendaient lentement dans les cuves. Je me demandais quelle nouvelle torture les maigrichons en blouse blanche qui nous entouraient allaient encore inventer. Sans attendre ma question, l'un d'entre eux éclaira ma lanterne :

— Comme la dernière expérience n'a pas donné de résultat concluant…

— Pas de résultat concluant ? m'étranglai-je.

La dernière fois, une simple étincelle de 20 volts dans l'eau de la cuve nous avait provoqué à Schwarzy et à moi des picotements sur tout le corps et les poils de nos bras, ainsi que notre sourcil gauche, étaient restés dressés pendant 48 heures. Les scientifiques s'étaient réunis en conclave pendant une semaine pour déterminer pourquoi les sourcils gauches s'étaient dressés et pas les droits. Des discussions sans aucun résultat probant elles non plus. Et on ne savait toujours pas pourquoi une faible décharge électrique dans nos cuves produisait un tel effet, alors que nos enveloppes humaines avaient enduré des attaques au pistolet électrique sans broncher.

— Cette fois, continua le laborantin, nous appliquerons la décharge directement sur la peau, au niveau de ce qui aurait pu être la *scapula* chez un mammifère.

Je détestais ces séances, et pas seulement en raison des expérimentations que nous subissions et du fait qu'on m'observait comme si j'étais un cochon d'Inde. Nous étions entourés des représentants d'une quinzaine de spécialités scientifiques différentes, que je ne parvenais pas à reconnaître et encore moins comprendre. Le seul qui n'était pas habillé en blouse blanche et qui employait un langage humain était Alexandre.

Présentement, il se tenait à côté de ma chaise, regardant avec fascination la baudruche qui frottait dans la cuve et compilant toutes les expériences et toutes les conclusions dans un carnet vert.

— Nous allons commencer par Moufy.

Et en plus, ces cons utilisaient les surnoms que les agents de la NSA avaient donné aux deux Poulpes. À côté de moi, je sentis les muscles de Schwarzy, alias Moufy, se tendre légèrement, même s'il gardait son sourire confiant. Pas longtemps.

Sa peau fut soudainement parcourue d'arcs électriques. Il y eut comme une détonation et son corps se trouva projeté cinq mètres plus loin, tandis que sa chaise entrait en combustion spontanée. Il se releva en maugréant.

Des laborantins se précipitèrent auprès de lui, pour vérifier qu'il n'avait aucune lésion visible, et d'autres brandirent des extincteurs pour étouffer l'incendie de la chaise. Egoïstement, je poussai un soupir de soulagement. Avec ce résultat « probant », ils allaient peut-être se calmer sur les expériences à la noix.

Malheureusement, dès que ses collègues lui eurent confirmé que Schwarzy n'affichait aucune séquelle, le savant fou qui était à la manœuvre annonça :

— Test parallèle pour valider la conclusion.

Ces abrutis s'entêtaient à nous faire subir à l'identique tous les tests, théoriquement pour valider leurs observations scientifiques sans les faire dépendre des caractéristiques d'un seul individu. Méthode que j'aurais trouvé louable si je n'en avais pas été l'objet. Et puis je soupçonnais que la vraie raison était leur sadisme et leur goût pour la torture. J'allais me lever pour protester quand des étincelles apparurent sur mon corps de Poulpe et se disséminèrent sur mon corps d'humain.

À l'instar de Schwarzy peu avant, je volai dans les airs et heurtai un mur que quelqu'un avait eu la mauvaise idée de mettre là. À peine relevé, une nuée de blouses blanches m'entoura et commença à me tâter, m'examiner, me mettre des lumières dans les yeux… Je grommelai de vaines protestations. Aussitôt que la préservation de mon intégrité physique fut confirmée – intégrité physique à laquelle eux-mêmes avaient sciemment porté atteinte –, nous dûmes nous rasseoir sur de nouvelles chaises et subir d'innombrables examens.

Pendant que je regardais les prétendus savants s'agiter en prenant des mesures dans les cuves ou en étudiant les résultats fournis par les machines qu'ils avaient branchées sur nous, je me tournai vers Alexandre, planté comme une fidèle sentinelle à mes côtés, armé de son carnet vert et de son stylo à bille. Il ne perdait pas une miette du spectacle, les yeux bien ouverts puisqu'il ne s'adressait à personne.

— Encore des tonnes d'analyses qui ne vont servir à rien, non ?

Il sourit, pivota vers moi et ferma les yeux.

— Que voulez-vous ? Les avancées scientifiques sont faites de tâtonnements, d'errance, de chance et de beaucoup de travail lent, méthodique et malheureusement fastidieux.

Même avec les yeux fermés, j'avais l'impression qu'il me regardait bizarrement. Drôle de sensation. Peut-être un effet secondaire des électrochocs.

— Hum. Si je n'en n'étais pas l'objet, je supporterais sans doute mieux ce travail lent, méthodique, fastidieux… et digne de tortionnaires.

L'un d'entre eux vint précisément se planter devant moi, prit une photo de ma trombine et repartit. Je fronçai les sourcils, ce qui me rappela la séquelle de la dernière fois. Je tâtai mes arcades sourcilières, mais ne découvris rien d'étrange. Je haussai les épaules et reprit ma conversation avec Alexandre.

— Le fait est qu'ils ne trouvent pas grand-chose. Et ce n'est pas en jouant au photomaton qu'ils y arriveront. Ou alors ils trouvent des choses qu'ils ne nous disent pas.

Alexandre continua à ne pas me regarder :

— Si vous voulez, je peux vous faire un point de situation ; hier, nous avons dû écourter.

— Pourquoi pas ?

De toute manière, je n'avais rien de mieux à faire. Je consultai Schwarzy du regard, qui hocha la tête. J'avais l'impression que lui aussi m'observait bizarrement. Mais avec les yeux ouverts.

— O.K. On fait ça quand on en aura fini ici.

Cela prit encore une heure. Comme dans les hôpitaux, nous passâmes davantage de temps à patienter qu'à être ausculté. La délivrance finit cependant par arriver.

Ce n'est qu'une fois dans les vestiaires que je compris ce qui clochait : sur la moitié droite de mon crâne, mes cheveux étaient dressés comme l'avait été mon sourcil gauche la fois précédente. Je rugis à l'adresse de Schwarzy :

— Bordel de merde ! Pourquoi t'as rien dit ?

Schwarzy haussa les épaules.

— Ça aura servi à quoi ?

— À pas passer pour un con !

— C'est bien ce que je disais : ça n'aurait fait aucune différence, ricana Schwarzy

Sa remarque finale et sa désinvolture alimentèrent ma fureur. Pour rien. S'il y avait bien quelqu'un ici qui ne craignait pas mes colères, c'était lui : sa musculature de colosse et sa force prodigieuse le mettait largement à l'abri de mes emportements. Je passai mon ire sur un casier innocent qui se trouvait là par hasard et qui finit sa vie avec la porte enfoncée de vingt centimètres.

— Et pourquoi t'as pas la même chose, toi ?

— Je l'ai probablement : tout le côté droit du crâne me picote encore d'électricité statique.

— Mais tes cheveux ne sont pas…

Je me tus, me sentant encore plus con qu'auparavant. Quand je l'avais connu, il se rasait totalement la tête. Désormais, ses cheveux étaient toujours coupés courts et coiffés en brosse. Mais dans les deux cas, impossible donc de voir une différence post-expérimentale.

Marmonnant d'autres imprécations, je partis chercher mes affaires et me rendit compte qu'elles étaient dans le casier que je venais de détruire. Il me fallut forcer encore pour décoincer et arracher la porte afin de récupérer mes vêtements et ma trousse de toilette. Je tentais ensuite d'aplatir mes cheveux à coups de peigne et d'eau. Je pris même une douche. Rien n'y fit ; je restai avec la moitié de mes cheveux érigés vers le ciel.

*
*   *

Je quittai les vestiaires d'une humeur exécrable. Sur le chemin, je fis sensation avec ma coiffure auprès de tous ceux que je croisai. Heureusement que je ne tombai pas sur un scientifique en blouse blanche, j'aurais été capable de le dépecer. À la cafétéria de la DGSI, Alexandre et Schwarzy m'attendaient à une table, un gobelet de thé devant le premier, un de lait chocolaté devant le deuxième et un de café devant une chaise vide sur laquelle je m'installai. Tandis que Schwarzy affichait toujours un sourire goguenard, Alexandre fuyait mon regard, contrairement aux occupants des tables voisines.

— Bon, allez, Alexandre, faites-nous votre point de situation scientifique, soupirai-je.

— Bien, bien, commença Alexandre en fermant les yeux. L'expérience de ce matin est représentative des rapports qui existent entre vos deux corps.

— Entre celui d'Aristote et le mien ? s'enquit Schwarzy.

— Euh, non. Entre votre corps de Poulpe et votre corps actuel.

— Ah.

— Lorsque votre corps originel dans sa cuve subit une atteinte, celle-ci est inévitablement déviée sur votre corps d'emprunt. Elle connaît également une forte amplification. Ce qui explique qu'une décharge minime déclenche votre éjection à l'autre bout de la pièce.

— La déviation me paraît une saine mesure de sauvegarde pour un corps immobilisé dans une cuve, reconnus-je. Mais on sait à quoi est due l'amplification ?

— Pas pour le moment. L'équipe scientifique essaie dans un premier temps de trouver la formule de calcul de cette amplification. D'où toutes ces expérimentations assez désagréables.

Il but une gorgée de son gobelet. Il dut ouvrir les yeux pour cela, ce qui me rassura : à force de tout faire les yeux fermés, j'en venais presque à imaginer qu'il pouvait voir à travers ses paupières.

— En ce qui concerne vos corps d'emprunt, ils se régénèrent à une vitesse exceptionnelle et acquièrent rapidement une force et une agilité hors du commun. Le phénomène est très dépendant de la condition physique initiale de l'enveloppe.

Une fois à votre niveau de puissance maximale, vous en devenez quasiment invulnérables.

— Comment ça « quasiment » !? s'insurgea Schwarzy.

— Il y a cette histoire de cœur.

— Ah, oui.

— Si votre cœur est touché, vous vous retrouvez dans un autre corps d'emprunt. Votre intuition initiale était exacte, dit-il en se tournant vers moi. Vous occupez immédiatement le corps en train de mourir le plus proche.

— Et nous perdons tous les souvenirs personnels antérieurement associés à ce nouveau corps, ajoutai-je. Dites-nous quelque chose que nous ne savons pas déjà.

— Outre vos capacités physiques exceptionnelles, vous disposez aussi de quelques talents supplémentaires.

— Oui, comme le fait que nous soyons des antennes électromagnétiques mobiles.

Cette caractéristique avait déjà été mise à profit lors de la neutralisation de la filière de la NSA en France et nous permettait désormais de communiquer entre nous ou avec les équipements de radio des autres comme si nous avions un talkie-walkie implanté dans la tête. Quand la BPI se serait lassée de nous, nous pourrions être reconvertis en antenne-relais dans un village perdu ou en borne wifi dans le métro.

De manière assez surprenante, cette caractéristique était la plus susceptible de griller notre couverture. Pas tant parce que nous risquions de détraquer les connexions environnantes – nous avions appris à maîtriser ce talent et si nécessaire à le mettre en « veille » – que parce sur les enregistrements vidéo et photo nous apparaissions avec deux éclats lumineux rouges à la place des yeux.

— Bref, depuis un an, vos sadiques en blouse blanche n'ont rien trouvé de plus que ce que Schwarzy et moi avions découvert en une semaine.

— Oui, enfin, surtout moi, précisa Schwarzy.

— Vous ne m'avez pas laissé finir, protesta Alexandre qui baissa la voix. Apparemment, il y aurait autre chose.

— On aurait quoi d'autre comme pouvoir ?

Spontanément, Schwarzy et moi nous étions penchés aussi, jusqu'à en frôler le front d'Alexandre. J'aurais difficilement pu dire que nous étions les yeux dans les yeux, mais indubitablement les yeux dans les paupières.

— Je ne suis pas dans le secret des dieux, mais j'ai surpris quelques conversations dans lesquelles il était question d'une théorie…

— Attention, annonçai-je, Bébel arrive.

Nous nous réadossâmes immédiatement à nos sièges, en un geste commun qui manquait atrocement de naturel et plus encore de discrétion. Bébel fit semblant de ne rien remarquer et s'installa à notre table.

— Alors, tout se passe comme vous voulez ?

Trois « oui » totalement artificiels lui répondirent.

— J'ai entendu dire que la séance d'électrochocs avait été un peu mouvementée.

— C'est rien, chef ! assura Schwarzy. On est de vrais rocs !

— Je m'en doute, fit Bébel. Nos savants préférés en ont pour plusieurs jours à examiner tout ça. Vous pouvez rentrer dès maintenant. Demain, séance d'entraînement : soyez en forme.

Il se tourna vers Alexandre.

— Quant à toi, tu as l'autorisation d'aller en Norvège. Tu pars cette après-midi. Prépare tes affaires.

Le visage d'Alexandre s'éclaira d'une joie quasi mystique et ses yeux s'entrouvrirent.

— Excellent ! Mes affaires sont déjà prêtes !

— Voyez-vous ça ! Toi aussi, sois sage et n'en profite pas pour aller draguer la Sirène du port de Copenhague.

— La Sirène et Copenhague sont au Danemark.

— C'est pareil. Ne me dis pas qu'il n'y a pas de belles sirènes scandinaves en Norvège aussi !?

— Euh, sûrement.

— À la bonne heure ! Mais je veux que tu reviennes avec plein d'infos et des réponses.

Moi aussi.

*

*   *

Cette nuit-là, debout dans notre salon qui baignait dans la plus complète obscurité, je regardais par la baie vitrée en écoutant de la musique. Je recherchais un peu de sérénité dans la contemplation nocturne du parc en contrebas. Les réverbères des rues adjacentes y projetaient de chiches flaques de lumière. J'avais réglé le volume du son au plus bas, car les autres dormaient déjà. Moi, je n'y parvenais pas.

Il était d'ailleurs étonnant que Schwarzy, lui, y soit arrivé : il était rentré surexcité par la confidence d'Alexandre. Dans la foulée, il s'était jeté avec avidité sur tous les documents dans la bibliothèque de l'appartement ou en ligne qui pouvaient traiter des lois physiques de l'univers : gravité, radioactivité et même tectonique des plaques. Il s'imaginait lévitant dans les cieux ou désintégrant à coups de rayons gamma les atomes de ses ennemis. Il se voyait déjà plus en Superman qu'en Terminator.

Moi, je me limitais à souhaiter que mes cheveux reprennent leur aspect d'origine. Pour les dissimuler sur le trajet à pied entre la DGSI et notre appartement, j'avais dû porter un bonnet de laine que j'avais refusé d'enlever en arrivant, craignant

36

à juste titre les quolibets de Marianne, et que je portais encore, au cas où elle s'aviserait de se réveiller et de sortir de sa chambre. C'était Alexandre qui me l'avait fourni ; ce gars était mon sauveur.

En attendant, rien de tout ce qui s'était produit dans la journée n'avait contribué à améliorer mon moral. Nous n'étions que des jouets. La chanson qui passait semblait correspondre à ma vie. Ou plutôt à mes vies. Un des policiers de la Brigade me l'avait faite découvrir et me l'avait expliquée. L'interprète, Joaquín Sabina, y énumère toutes les vies différentes qu'il aurait pu vivre, au moins en imagination.

Con un poco de imaginación
Partiré de viaje enseguida
A vivir otras vidas
A probarme otros nombres
A colarme en el traje y la piel
De todos los hombres que nunca seré

Al Capone en Chicago, legionario en Melilla,
Pintor en Montparnasse,
Mercader en Damasco, costalero en Sevilla,
Negro en Nueva Orleans,
Confesor de la Reina, banderillero en Cádiz,
Tabernero en Dublín,
Comunista en Las Vegas, ahogado en el Titanic,
Flautista en Hamelín...

Mes vies se révélaient moins imaginaires et exotiques, mais très chaotiques. Je poussai un soupir et commençai à me détourner de la vitre pour aller chercher un verre d'eau quand mon regard accrocha un détail. Au milieu des ombres, je crus discerner une silhouette immobile, à proximité d'un arbre. Je devais me tromper : même en admettant que quelqu'un avait bravé le froid et les hautes grilles fermées du parc, pourquoi serait-il allé se planter sans bouger à côté d'un platane ?

Je restais ainsi à observer le parc et aboutis à la conclusion qu'il y avait en effet une silhouette au milieu des arbres. Tandis que je scrutais les ombres mouvantes, mon malaise s'accrut sensiblement : impossible à cette distance d'être sûr de rien, mais il me semblait que la silhouette me fixait.

Un frisson me parcourut l'échine et je ne pus résister au réflexe de jeter un coup d'œil derrière moi. Je sondais l'obscurité du salon sans rien découvrir de particulier.

Quand mon regard revint au parc, la silhouette ne s'y trouvait plus. Si elle n'y avait jamais été. Peut-être les ombres avaient-elles changé avec le vent. Peut-être qu'il ne s'agissait que du produit de mon imagination après une journée harassante. Je n'arrivai malheureusement pas à me rasséréner, car pendant les quelques secondes au cours desquelles j'avais contemplé cette silhouette, elle m'avait paru familière.

En y repensant, c'était la deuxième fois que ça se produisait cette semaine et je n'aimais pas ça. J'aurais pu me dire que ça n'était ni rationnel ni même probable. Oui, j'aurais pu. Mais après avoir quitté un corps extraterrestre et avoir ressuscité plusieurs fois dans diverses enveloppes humaines, les concepts de « rationnel » et de « probable » ont tendance à perdre de leur consistance.

Pour la première fois depuis que nous occupions cet appartement, j'allai vérifier avant de me coucher que la porte d'entrée était bien verrouillée.

CHAPITRE 4

INQUIETUDE ET SOUFFRANCES

L'entraînement du jeudi dans les sous-sols de la DGSI fut un interminable calvaire. J'avais passé la nuit à ruminer la scène du parc et à guetter le moindre bruit suspect dans l'appartement, pour finalement ne trouver le sommeil qu'à l'aurore.

Schwarzy me mit une véritable raclée lors des séances de duels à mains nues. Il avait toujours été plus puissant que moi. Cette fois-ci, j'étais en outre plus lent et moins imaginatif. Je ressortis du dernier combat avec trois côtes fêlées, l'avant-bras gauche cassé et la mâchoire brisée en deux endroits. Je dus rester sans parler plus de cinq minutes en attendant que les os se ressoudent.

La douleur était insoutenable. Ce n'était rien cependant par rapport ce qu'endurèrent mes oreilles. Car, évidemment, Schwarzy mit ce temps à profit pour laisser éructer sa joie :

— Ho, c'te pâtée qu'je t'ai mise ! T'as rien pu faire ! Comment je t'ai bouffé !

Encore son histoire de bouffe. Je regrettais de ne pas pouvoir devenir sourd le temps de mon mutisme prolongé.

— Dis donc, mon poulet, qu'est-ce qui t'est arrivé aujourd'hui ? Tu dormais ou quoi ? T'es parti en douce pendant qu'on roupillait pour aller courir la gueuse. C'est pour ça que t'es crevé ?

J'avais préféré ne rien leur dire de l'incident, n'étant pas vraiment sûr de ce que j'avais vu ou cru voir.

La fin de ma convalescence de cinq minutes fut un soulagement et me permis de rugir un « ta gueule ! » qui le coupa en pleine logorrhée. Rhabillés et douchés, nous prîmes le chemin de notre leçon théorique.

Nous récupérâmes au passage Marianne qui avait droit à des leçons particulières de corps-à-corps avec un des policiers de la Brigade. Au début, les gars se battaient pour avoir ce privilège. Désormais, ils priaient pour l'éviter en tirant à la courte-paille. Beaucoup étaient repartis de ces séances en mauvais état. Dorénavant, les instructeurs désignés par le sort mettaient systématiquement une coquille de protection.

Nous parcourûmes les couloirs nus et froids qui étaient le domaine de Bébel et son équipe. Initialement, la direction avait préféré installer loin de tout le monde ces policiers un peu particuliers que leurs collègues appelaient par dérision les « Paranormaux ». Depuis les récents succès rencontrés grâce à notre contribution, l'opinion des dits collègues avait notablement évolué et la Brigade avait fièrement transformé ce qui était originellement un exil souterrain en un sanctuaire réservé aux initiés.

— Tu vas le garder longtemps ton bonnet pourri ?

— Les savants fous m'ont dit que mes cheveux ne redeviendront normaux que demain soir. Donc, on verra à ce moment-là.

Dans une des pièces anonymes qui parsemaient ce sous-sol labyrinthique, nous eûmes droit à une énième leçon sur les principes d'action d'un policier du contre-espionnage. Le fameux « manuel » dans toute sa splendeur. Bébel avait probablement décidé de me l'imposer pour expier mon écart au retour d'Amsterdam.

La leçon fut particulièrement abrutissante et je luttai contre le sommeil. En dépit de mes efforts, mes paupières finissaient immanquablement par tomber comme le rideau de fer d'une boucherie dans un quartier végétarien. A chaque fois que je frôlais l'assoupissement, je devais encaisser un coup de coude de Marianne dans les côtes et les ricanements de Schwarzy.

*
*   *

Nos horaires de travailleurs à mi-temps avaient néanmoins du bon : je pus mettre à profit l'après-midi libre pour m'accorder une sieste. J'avais craint à l'instant de me coucher que Marianne, avec son sale caractère, s'empresse de faire du boucan toute l'après-midi pour m'empêcher de me reposer.

Mon inquiétude était toutefois infondée et je dormis comme un bienheureux jusqu'à 17 heures. À mon réveil, je m'installai sur le canapé, aux côtés de Schwarzy qui regardait des Tex Avery, tout en prenant un goûter : des palets bretons trempés dans du lait. Je lui en chipai un.

Je comprenais mieux la qualité de mon sommeil : pas de traces de Marianne. D'habitude, elle était installée à la table du salon avec son ordinateur.

— Elle est dans sa chambre ? demandai-je sans avoir besoin de préciser de qui je parlais.

— E'grumpff'ti ! fit Schwarzy la bouche pleine.

Quand il goûtait, il avait tendance à manger comme un porc. Quand il dînait aussi. En fait, à tous les repas.

— Elle est sortie, répéta-t-il, après avoir dégluti.

— Elle a dit où elle allait ?

— Non.

Schwarzy avait déjà reporté son attention vers l'écran. Impossible de rivaliser avec le magnétisme du loup de Tex Avery. Je me levai et allai à la baie vitrée. J'essayai de repérer le lieu où la nuit d'avant j'avais vu ou cru voir une ombre. Evidemment, en plein jour le lendemain, il n'y avait rien.

Ce qui ne voulait pas dire qu'il n'y avait rien eu. Assez étrangement, je commençais à être inquiet de l'absence de Marianne. Je résistai à l'envie d'aller vérifier dans sa chambre si elle avait bien pris sa matraque électrique. Si ma colocataire se rendait compte que j'avais pénétré dans l'intimité de sa chambre, je risquais de goûter rapidement à son ustensile de torture.

Je me retins donc et dû tromper mon impatience en déambulant, désœuvré, entre ma chambre et le salon. N'y tenant plus, j'allais parler de l'incident de la silhouette nocturne à Schwarzy quand la porte de l'appartement s'ouvrit.

— Salut !

Ses talons frappant le sol tel un marteau-piqueur, Marianne traversa le salon et s'affala sur un fauteuil. Elle paraissait épuisée, mais pas comme quelqu'un venant d'échapper à une embuscade. Son visage rayonnait de satisfaction.

— Ça va ?

— Parfaitement, Aristote ! lança-t-elle avec un rire cristallin.

Ce fut le moment que choisit Schwarzy pour éteindre la télévision et s'immiscer dans la conversation :

— Il s'inquiétait pour toi, expliqua-t-il. T'aurais dû le voir errer comme une âme en peine de sa chambre au salon.

Sans en avoir l'air, il captait beaucoup de choses. Je le regardai d'un air mauvais : après m'avoir totalement ignoré pendant une heure, de quoi se mêlait-il ?

— C'est chou ! se moqua Marianne.

— Pour le rassurer, tu devrais lui dire où t'étais.

D'habitude, elle aurait répliqué que ça n'était pas nos oignons et que nous pouvions aller nous faire voir chez les Grecs, les Esquimaux ou les Pygmées. Mais visiblement, elle était d'excellente humeur.

— Je suis allé voir un ancien client, nous avoua-t-elle.

— Il avait des problèmes informatiques ? demanda Schwarzy avec une désarmante naïveté.

Comment une telle montagne de muscles pouvait-elle faire preuve d'autant de candeur ?

— Non, gloussa Marianne. Un de mes anciens clients quand j'étais escort.

Nous l'observâmes sans trop savoir quoi dire. Schwarzy se décida le premier :

— T'as pas l'impression d'être infidèle ?

— Infidèle ? répéta Marianne en ouvrant de grands yeux. Et envers qui ?

— Envers la BPI, m'empressai-je d'ajouter. Après tout, ils nous paient et on n'est pas censés aller voir ailleurs.

Marianne sourit de toutes ses dents.

— On n'a rien signé, que je sache. Et puis, c'est juste une petite incartade. Même pas une incartade, car c'était avec mon client préféré. Un mec super mignon et qui fait l'amour comme un dieu. Il pourrait avoir toutes les filles qu'il veut. Je n'ai jamais compris pourquoi il avait besoin de mes services, se demanda-t-elle pensive.

— C'est bon ; épargne-nous les détails, grommelai-je.

— Bref, je ne vois pas ce qu'il y a de mal à s'envoyer en l'air, prendre son pied et en plus être payée pour ça.

— Mais t'as besoin de cet argent ?

— Pas du tout. Ce dont j'avais besoin, c'était de me changer les idées.

Je me levai du canapé.

— Qu'est-ce qu'il y a ?

— Rien. Moi aussi, j'ai besoin de me changer les idées, dis-je d'un ton rogue.

J'allai mettre mes bottes et prendre mon blouson. J'entendis Marianne s'adresser à Schwarzy :

— Qu'est-ce que j'ai dit ?

En réponse, monsieur Muscle se contenta de ricaner et de rallumer la télévision. Je quittai l'appartement. Dans la rue, un vent froid arrachait aux arbres les quelques lambeaux de feuilles qui leur restaient. J'étais content de porter mon bonnet de laine noire. Il était 18 heures et le soir était déjà tombé.

Je pris la direction du parc. De rares promeneurs emmitouflés dans leurs manteaux y bravaient le froid pour promener leur chien. En passant, j'observai les troncs, en me maudissant d'avoir imaginé une silhouette épiant notre appartement.

J'atteignis une des sorties du parc, traversai une rue et me retrouvai devant le Cluricaune, le pub irlandais dans lequel je trouvais régulièrement refuge. Surtout en hiver. À l'exception des saunas et des rôtisseries, je ne connais rien de plus accueillant quand il fait froid qu'un pub irlandais.

Je m'installai devant une pinte de savoureuse Kilkenny. Bien que venant régulièrement, je n'avais d'affinité particulière avec aucun client. Je pus donc me consacrer sans interférence à mon activité favorite du moment : l'auto-apitoiement.

Je me sentais surtout idiot de m'être inquiété pour Marianne. Elle n'avait besoin de personne pour veiller sur elle-même, encore moins quand c'était pour revenir à ses anciennes occupations.

*

*   *

Je me morfondis ainsi pendant deux bonnes heures. Avec mon bonnet toujours sur la tête et mon air bougon, je devais ressembler à un vieux loup de mer acariâtre. J'achevai ma quatrième pinte et décidai de rentrer. Je n'aurais qu'à m'enfermer dans ma chambre pour ne pas avoir à supporter la bonne humeur de mes colocataires.

Il était presque vingt heures et le parc municipal n'allait pas tarder à fermer. Je n'avais aucune envie de devoir contourner un long pâté de maison pour retourner chez moi. Je me dépêchai donc de sortir. Au bout de quelques pas, comme cela arrive fréquemment, je regrettais de ne pas avoir fait un tour aux toilettes avant de sortir. Si l'alcool n'avait aucun effet métabolique sur mon organisme extraterrestre, les quatre pintes de liquide avaient cependant un impact direct sur ma vessie.

Je pénétrai dans le parc obscur. Il était vide. Au loin, le sifflet du gardien appelait les éventuels traînards à quitter les lieux. Je pressai le pas. Concentré sur mes préoccupations urinaires, je ne perçus pas un mouvement entre les buissons. Je ne me rendis compte du danger qu'une fois celui-ci au milieu de l'allée.

Je stoppai net. Oubliée ma vessie. La silhouette se trouvait dans une zone d'ombre et je ne distinguais pas son visage, mais à nouveau j'eus le sentiment de la connaître. Je fis un pas dans sa direction et elle s'avança également, sortant de l'obscurité.

45

Sous l'effet de la surprise, ma mâchoire inférieure s'en décrocha à tomber par terre. Devant moi, se tenait… un autre moi. Le cerveau conçoit difficilement ce genre de choses autrement que devant un miroir. Cela devait expliquer que je ne me sois pas reconnu avant.

Je n'eus pas le loisir de m'interroger davantage sur sa – ma ? – provenance, car il se jeta sur moi. À moins qu'on puisse dire qu'il se jeta sur lui-même ? En tous cas, je dus esquiver son énorme poing qui frôla le côté droit de mon visage. Je profitai de ma position pour lui balancer mon coude dans le flanc. Il ne broncha pas. J'étais manifestement trop habitué à contenir mes coups.

Nous nous fîmes face à nouveau et je pus mieux le détailler. Sa puissante musculature avait l'air identique à la mienne, de même que ses vêtements. Jusqu'au bonnet noir que je portais pour masquer ma moitié de cheveux hérissée.

Il bondit, sans que je puisse cette fois l'esquiver, et il me balança un coup juste sous les côtes. J'en eus le souffle coupé. Il en profita pour me porter une manchette gauche au visage, mais je parvins à la stopper avec mes avant-bras en croix. C'était l'occasion de prendre enfin l'initiative.

Je fis basculer son bras gauche pour le déstabiliser et d'un mouvement fluide lui assénai mon coude droit sur sa tempe gauche. Visiblement, avec un résultat nul. Il réagit en m'envoyant son front au visage et je reculai avec une arcade sourcilière ouverte. Il était fort, le bougre. Autant que moi en fait. Était-il vraiment une copie conforme dans tous les domaines, et pas seulement en apparence ?

Une chose était sûre : je ne devais plus retenir mes coups. Je m'élançai et lui lançai de toutes mes forces un direct du droit dans la mâchoire, suivi d'un coup de genou dans le foie.

Cela ne lui fit ni chaud ni froid. Il porta sur moi un regard étonnamment fixe et m'envoya une gifle d'un revers de la main droite qui m'envoya valser trois mètres plus loin.

Ce fut à ce moment-là que je perdis mon sang-froid. Si mes coups les plus puissants restaient sans effet, il me fallait passer au niveau supérieur. Doucement, en le gardant à l'œil, je sortis un court poignard de ma botte. Dans nos missions, nous devions toujours capturer nos cibles vivantes. Je gardais toutefois cette arme au cas où. Et à l'insu de la BPI.

Je tournai autour de mon autre moi en me rapprochant progressivement. Quand je fus à portée, je feintai par un crochet du gauche. Parallèlement, j'allongeai mon bras droit et plongeai jusqu'à la garde mon poignard dans son estomac. J'étais tellement collé à lui que je me pris un nouveau coup de tête qui me rejeta à plus de deux mètres.

J'étais néanmoins satisfait, serrant mon couteau ensanglanté : avec la blessure que je venais de lui faire, le combat pencherait enfin en ma faveur. Du moins, je le pensais et j'étais apparemment le seul. L'autre s'élança et avec une poigne de fer m'attrapa le poignet droit et le tordit jusqu'à ce que je lâche mon arme. Avec la vivacité d'un serpent, il la récupéra et la plongea dans mon poumon gauche.

Je serrai les dents. Même si je guérissais vite, je n'étais pas insensible à la douleur.

Il retira la lame, avant de frapper de nouveau, cette fois à l'épaule. Luttant agrippés l'un à l'autre, un troisième coup entailla mon biceps gauche. Ce taré avait l'intention de me découper en morceaux.

Il prit son élan et m'enfonça une ultime fois le poignard, qui s'inséra entre les côtes, jusqu'à atteindre… le cœur.

Oh, non. Encore !

Ce furent mes dernières pensées cohérentes avant que le monde environnant s'estompe et qu'une nuit noire m'enve-loppe.

48

CHAPITRE 5

SOUS LES TROPIQUES

Je n'ai jamais su réellement ce qu'il se passait lors d'une résurrection, pendant ma migration d'un corps à l'autre.

Le temps passe-t-il à la même vitesse ? Depuis les vapeurs éthérées de l'au-delà, voyons-nous quelque chose de particulier ? Que ressentons-nous ? Aucune idée. Je m'éteins en ayant un corps et je me réveille en étant dans un autre.

Cette fois-là, la chaleur fut la première chose que je ressentis. Une chaleur moite, étouffante. J'étais arrivé sous les Tropiques ou quoi ? Ou à l'intérieur d'un hammam ? Dans un réacteur nucléaire ?

Ensuite, ce furent les sons. Une sorte de musique, répétitive, sirupeuse et presque enivrante. Je dus écarter l'option « réacteur nucléaire ».

Mes paupières papillonnèrent jusqu'à ce que je parvienne à accommoder mon regard. Je me trouvais au bout d'une table. Plus précisément, au bout d'une tablée : une dizaine de visages inquiets étaient tournés vers moi. Que des visages marrons, allant du très foncé au légèrement hâlé en passant par le café-au-lait.

— Ça va, grand-mère ?

Celui qui avait prononcé ces paroles était un gamin d'environ huit ans, avec un visage rond, à l'expression douce mais au regard malicieux. Et il s'était adressé à moi. Comme tout le monde continuait à m'observer, j'en conclus avec sagacité qu'il me fallait répondre.

— Oui, parfaitement.

Ma voix avait sonné éraillée. Je contemplai mes mains : elles étaient marron comme celles des autres convives, mais ridées et parsemées de tavelures.

Et merde ! Encore un corps de vieux.

De vieille, en fait. Pas une personne âgée, comme on dit parfois hypocritement. Non. Une vieille à la peau parcheminée et rêche. Je poussai un soupir qui fut mal interprété par la femme assise à ma droite. Elle posa une main compatissante sur la mienne et me demanda d'une voix inquiète :

— Tu es sûre, maman ?

Elle avait un accent chantant.

— Oui. Pourquoi tu demandes ça ?

— Tu as gémis, tu as fermé les yeux et tu n'as plus bougé, reprit le garçonnet. Comme si tu étais morte.

— Antoine ! le gronda un adulte en face de lui qui devait être son père.

— Tu es fatiguée, ces derniers temps, maman, me dit un homme assis à ma gauche. Tu devrais manger un peu : ça te fera du bien.

Lui aussi m'avait appelée maman. Bon sang ! J'avais combien d'enfants ?

Lors des résurrections dans un corps qui n'est pas le vôtre, l'essentiel – et le plus compliqué – est que le phénomène passe inaperçu auprès des proches. On n'y arrive jamais totalement.

Mais les chances de succès sont plus importantes si l'on applique une certaine méthode : rester laconique et discret, observer les autres, identifier qui est qui, se couler dans les habitudes de l'ancien propriétaire…

Je hochai la tête et saisis ma fourchette, tout en prêtant l'oreille aux discussions qui avaient repris. Au moins, le repas avait l'air appétissant. Dans mon assiette, je piochai du riz mélangé à une sauce que je ne connaissais pas et enfournais une grande bouchée. Le meilleur moyen de contenter mes enfants.

Je crus que j'allais mourir à nouveau. La quantité de piment que contenait ma fourchetée dépassait l'entendement. Tandis que ma bouche se remplissait de feu, ma gorge se contracta et je commençai à hoqueter, provoquant une nouvelle vague d'inquiétude parmi les convives.

Pour y mettre fin, j'attrapai mon verre. Il contenait une sorte de limonade transparente avec un morceau de citron dedans. Je le vidai cul-sec. Et le regrettai aussitôt. Au lieu de limonade, il s'agissait d'un verre d'alcool. Le feu dans ma gorge s'amplifia et je fus pris d'une quinte de toux.

Ma fille s'en prit à son frère :

— Tu as encore mal dosé le ti'punch ! Je t'ai déjà dit de mettre moins de sucre : c'est mauvais pour son diabète !

Du sucre ? Je ne l'avais même pas senti.

Pendant que mon fils essayait de trouver des arguments pour répondre à sa sœur, le gamin au visage rond de tout à l'heure contourna la table pour m'apporter une bouteille d'eau, que je bus directement au goulot. Il m'en fallut une deuxième pour apaiser un peu l'incendie qui me dévastait la bouche et la gorge. Pour ce qui était de me couler discrètement dans les habitudes de mon nouveau corps, c'était un échec.

Le reste du repas se déroula sans incident. J'évitai scrupuleusement tout ce qui pouvait ressembler de loin à un plat épicé et à un verre alcoolisé et finit par me jeter sur les desserts, en particulier une sorte de flan exquis à la noix de coco, au grand dam de ma fille préoccupée par mon diabète.

À la fin du dîner, j'avais une idée à peu près claire de la situation. Je m'appelais Armande, doyenne d'une famille d'origine martiniquaise habitant depuis longtemps en métropole. La nourriture épicée, la musique, le madras visible partout et le ti'punch m'avaient facilement mis sur la voie des Antilles.

Parmi les personnes présentes, se trouvaient ma fille et mon fils avec leur conjoint respectif et leurs enfants : deux pour ma fille, dont le garçonnet au visage rond, et trois pour mon fils. S'y ajoutait un de mes neveux, célibataire, ce qui avait généré d'abondantes discussions portant sur des jeunes femmes connues des uns ou des autres, qui n'attendraient apparemment qu'un coup de fil d'un prétendant.

Le repas fini, on m'avait installée sur le canapé. Autour de la table, la conversation avait dérivé sur le football. Les verres s'étaient remplis d'un rhum vieux odorant, à la robe ambrée, dont tout le monde parlait sous le nom de « Crassous de Médeuil ». On n'avait pas manqué d'en disposer un pour moi sur la petite table à côté du canapé.

Les enfants – des adolescents pour la plupart – menaient leur propre discussion, regroupés dans une des chambres. Sauf un. Le petit Antoine restait à mes côtés. Il prétendait regarder la télévision. Un dessin animé avec Bugs Bunny. Il se serait entendu à merveille avec Schwarzy.

Mais je doutais que les éclats des adultes lui permissent réellement d'entendre ce que le lapin disait. La raison de sa présence auprès de moi devait plutôt être liée à son inquiétude pour mon état de santé. Moi, ce qui m'inquiétait était plutôt de savoir comment sortir de ce guêpier et rallier au plus vite mon appartement. Pas évident : je ne savais même pas où j'étais.

Depuis mon canapé, je jetai un regard par la fenêtre et n'entrevis que des immeubles gris éclairés par les réverbères. Je ne me trouvais pas sur la mer des Caraïbes. En principe, la résurrection intervenait au plus près du lieu de la mort antérieure. J'espérais donc en vertu de cette règle empirique me trouver quelque part dans Levallois. Au pire, sur une des communes limitrophes.

Antoine surprit mon regard vers la fenêtre.

— Tu as froid, grand-mère ?

Froid ? Il devait faire dans les trente degrés dans l'appartement. Je transpirais abondamment. Surtout avec les nombreuses épaisseurs de vêtements que je portais.

— Non, mon petit. Tout va bien.

— Petit ? Depuis quand tu m'appelles petit ? lança l'intéressé en fronçant les sourcils avant de retourner à ses dessins animés.

Soupçonneux, l'avorton. Il allait falloir que je le garde à l'œil.

La soirée s'acheva et les invités partirent, malgré les protestations des plus jeunes. Ma fille, qui s'appelait Liliane, m'accompagna jusqu'à ma chambre. Je me fis la réflexion que j'avais eu de la chance en tombant sur une veuve. À l'idée de devoir me coucher avec un vieux tout décrépi, un frisson parcourut mon échine.

— Ça va ? s'inquiéta ma fille.

— Oui, oui.

Son mari et elle occupaient la chambre qui était la plus proche de l'entrée, tandis qu'Antoine et sa grande sœur se partageaient celle contiguë à la mienne. Leur fausser compagnie pendant la nuit allait s'avérer quasi impossible. Mais je fondais tous mes espoirs sur le lendemain, jour de semaine et donc de travail et d'école.

La nuit fut assez désagréable pour de multiples raisons. Mon gendre ronflait comme un bombardier B-52. Le matelas quant à lui était inconfortable et bien trop mou. À défaut de pouvoir dormir, je me mis à réfléchir à ma situation. Je me demandais ce que pensaient Schwarzy, Marianne et la BPI de mon absence. Avait-on retrouvé mon corps ? Enfin, mon ancien corps.

Puis, je me mis à ressasser l'affrontement et ma mort. L'embuscade ne pouvait être le fruit du hasard et cela signifiait que les autres étaient en danger aussi. Mais quel danger ? C'était quoi, ce truc qui avait mon apparence et ma force ? Un clone ? Toutes ces questions resteraient sans réponse tant que je me trouverais coincé ici. Il fallait donc que je prenne la poudre d'escampette au plus vite.

*

*   *

Après ma nuit agitée, dur fut mon réveil, quand ma fille entra dans la pièce et ouvrit les rideaux en grand. La lumière se déversa dans la pièce et je me protégeai les yeux. La matinée était bien entamée.

Liliane me soutint jusqu'aux toilettes. Manifestement, j'étais considérée comme impotente et ne pouvant me déplacer de manière autonome. Une telle conviction me faciliterait les choses le moment venu. Mais en attendant, je trouvais exaspérant de ne pas pouvoir aller uriner seule.

Nous traversâmes un appartement vide, comme prévu. En revanche, une fois installée devant mon petit-déjeuner, j'eus la désagréable surprise de constater que ma fille ne se montrait pas disposée à partir, mais se lançait plutôt dans une suite sans fin de tâches ménagères. Ceci contrariait sérieusement mes projets de fuite.

— Tu ne pars pas travailler ?

— Maman, je t'ai déjà dit hier que je récupérais aujourd'hui une partie de mes gardes. Comme ça, je vais pouvoir rester toute la journée à la maison avec toi.

— Ah, oui. Pardon, j'avais oublié.

— Franchement, je ne sais pas ce que tu as dernièrement, mais tu m'inquiètes. On dirait que tu perds la tête.

Je lui en ficherai, moi, de la perte de tête !

Je levai mon bol et déglutis avec peine une gorgée de chicorée. Comment l'occupante précédente faisait pour boire ça ?

Tandis que Liliane s'activait dans l'appartement, je passai le début de la matinée à me morfondre sur le canapé en face de la télévision et à échafauder des plans d'évasion. Mes capacités me revenaient progressivement, mais le phénomène est toujours particulièrement long à partir d'un corps usé. Je n'avais pas encore la force pour assommer ma fille et m'enfuir en courant.

J'avais déjà passé en revue plusieurs options – mettre le feu à l'appartement, verser de la mort aux rats dans le verre de Liliane, bloquer la porte des toilettes pendant qu'elle s'y trouvait – et les avais écartées aussitôt, quand la délivrance arriva. Vers 10h00, son portable sonna. Après cinq minutes de discussion, elle vint me trouver.

— C'était l'hôpital. Une des infirmières de l'équipe de jour est malade. Ils ont besoin de quelqu'un pour la remplacer.

— Oh.

Je contins à grand peine un soupir de soulagement.

— Tu ne m'en veux pas ? Ils ont vraiment besoin de moi.

— Ne t'inquiète pas.

La mort dans l'âme, ma fille se prépara à partir en se morigénant d'abandonner sa mère malade. Moi, j'étais aux anges.

— J'ai prévenu Georges. Il passera pour te préparer ton repas.

Bien sûr ! Si elle croyait vraiment que j'allais attendre sagement son mari.

— À ce soir !

J'acquiesçai de la tête sans rien dire, de peur que ma voix ne trahisse ma gaieté.

Après son départ, je pus encore consacrer une bonne demi-heure à récupérer une partie de mes capacités. Une fois ce délai de prudence passé, je m'habillai. Le plus difficile fut de trouver les chaussures qui m'étaient destinées. Apparemment, je ne les mettais pas souvent.

En l'absence d'ascenseur, la descente des trois étages par les escaliers raides de l'immeuble fut pour moi aussi éprouvante que la montée de l'Everest pour un asthmatique. Cela me renvoya près d'un an en arrière, quand j'avais investi le corps d'un vieux avec lequel traverser un quartier de Paris m'avait donné l'impression de courir un marathon.

La bonne nouvelle était que j'aurais bientôt accès aux produits chimiques, peu recommandables aux humains, que nous fournissait la DGSI. Je pourrais ainsi récupérer mes capacités antérieures dans les quinze jours, au lieu de l'année entière qu'il faudrait au processus « naturel » de résurrection pour aboutir au même résultat.

Une fois dans la rue, je déambulais pendant un quart d'heure avant de parvenir à m'orienter. J'étais toujours à Levallois, dans une rue très passante proche de Clichy. Je partis en direction du centre. Comme il était assez éloigné et que je me traînais, il me fallut bien trois quarts d'heure pour parvenir au parc qui jouxtait notre appartement et qui m'avait vu mourir la nuit dernière.

L'ayant traversé, j'arrivai dans la rue piétonne sur laquelle donnait l'entrée de notre immeuble, quand je vis Marianne et

Schwarzy au loin et de dos qui marchaient en direction du carrefour où s'achevait la voie piétonne. Ils allaient probablement déjeuner à la cantine de la DGSI avec Bébel ; cela nous arrivait parfois.

Je mis un moment à me rendre compte qu'une troisième personne les accompagnait. Mon cœur s'accéléra – heureusement, je ne portais pas de pacemaker – en la reconnaissant : cette troisième personne, c'était… moi. Cela n'aurait pas dû m'étonner : même si ça n'arrive pas tous les jours, on n'envoie pas un clone vous tuer si ce n'est pas pour prendre votre place. La vision me laissa tout de même pantois et pendant ce court instant de flottement, le groupe tourna à l'angle de la rue.

Je repris mes esprits et me lançai à leur poursuite. Ou plutôt : je repris mon lent cheminement dans la même direction qu'eux. Compte tenu de la différence de rythme, je ne pouvais pas les rattraper dans la rue. Mais j'espérais les rejoindre à la DGSI et démasquer l'intrus. Schwarzy et moi avions des phrases-codes pour nous identifier si nous venions à occuper un autre hôte. Schwarzy avait choisi : « pourquoi le Coyotte essaie d'attraper le Bip-Bip, au lieu de piller son nid et manger ses œufs ? ».

J'atteignis le carrefour. Le trio se trouvait déjà bien loin : il traversait la rue suivante. Je remarquai que mon clone portait encore les vêtements de la veille, y compris le bonnet. J'allais reprendre ma marche, quand une voiture pila le long du trottoir dans un crissement de pneus. Deux silhouettes en jaillirent. Des mains m'agrippèrent.

CHAPITRE 6

ACARIATRE

Cela faisait une heure que je subissais la colère et les insultes de mes ravisseurs, sans pouvoir bouger. Assise bien droite, je ne bronchais pas. Des sirènes de police ou de pompier hurlaient quelque part en ville. Bien loin de moi, cependant. Depuis ma capture, malgré leur insistance, je n'avais pas ouvert la bouche, sauf pour avaler le ragoût qu'on m'avait apporté. Je restais hermétique à toute cette hargne, l'esprit concentré sur la façon dont je pourrais peut-être m'évader. Un coup me fit tressaillir.

— Maman !

Le poing de ma fille avait claqué sur la table basse devant le canapé. Elle se redressa.

— Tu ne m'écoutes même pas !

Son sens aigu de l'observation était digne d'admiration.

— Qu'est-ce qui t'a pris de partir comme ça ? De quitter la maison dans l'état où tu te trouves ?

Georges, mon gendre, était rentré plus tôt que prévu et avait trouvé l'appartement vide. Après avoir inspecté les rues proches, il avait fait appel à mon fils et sa voiture pour ratisser la ville. Ils étaient tombés sur moi par hasard et m'avaient embarquée *manu militari*, non sans déclencher quelques regards suspicieux de la part des passants. Mais guère plus. Finalement, c'est très facile d'enlever quelqu'un en pleine rue. À se demander pourquoi à la DGSI nous prenons autant de précautions quand nous voulions nous emparer de criminels.

Et depuis son retour du travail, ma fille me passait un savon monumental.

— Je ne sais pas si tu te rends compte de ce que tu as fait ?

Je me rendais surtout compte que j'étais revenue au point de départ.

— Il aurait pu t'arriver n'importe quoi !

Comme me faire kidnapper par deux personnes que je connaissais à peine, par exemple ?

En un geste d'impuissance face à mon silence, elle leva les mains au-dessus d'elle et partit rejoindre son mari, assis à la table du salon.

— Mais qu'est-ce qu'elle a en ce moment !?

Il se pencha et murmura à son oreille, pensant que je ne l'entendrais pas :

— Tu sais, à son âge, on a tendance à perdre la tête.

— J'vais t'exploser la tienne, de tête, ça sera vite vu. Attends que je récupère mes capacités, grondai-je entre mes dents.

Pendant qu'ils échangeaient des messes basses en me tournant le dos, je leur jetai un regard mauvais. Je n'avais pas pris garde au petit Antoine, qui m'observait depuis le couloir et qui surprit mon regard. Une fois de plus, il fronça les sourcils et sans rien dire partit se réfugier dans sa chambre.

Liliane revint me faire la morale, puis de guerre lasse alla aider Georges qui préparait le dîner. Le repas fut morose jusqu'à ce que le journal télévisé commence. Ma famille d'adoption était de celles qui dînaient autour de la télévision, avec le journal comme point d'orgue. Je n'avais pas d'opinion particulière sur cette habitude, car avec Marianne et Schwarzy, nous nous retrouvions rarement à manger autour d'une table.

Ce soir-là, j'y vis néanmoins une utilité. Le journal s'ouvrit immédiatement sur une nouvelle capitale pour moi.

— *Mesdames, Messieurs, bonsoir, déclama le présentateur. Aujourd'hui, en fin de matinée, les locaux de la Direction Générale de la Sécurité Intérieure ont été la cible d'une attaque terroriste.*

Je me raidis et reposai ma fourchette.

— *Fort heureusement, aucune victime n'est à déplorer. Il semblerait toutefois que l'attaquant ait réussi à prendre la fuite. Les explications de notre correspondant à Levallois-Perret.*

Le reportage qui suivit commença par des images de cordons policiers et d'agents de la police scientifique déambulant en combinaisons de spationaute. La portion de rue devant le siège de la DGSI était bouclée.

— *Il est environ 12h15, lorsqu'une fusillade éclate dans les locaux du siège de la DGSI, rue de Villiers, à Levallois-Perret. Les policiers ont ouvert le feu sur un terroriste qui avait réussi à s'infiltrer à l'intérieur du bâtiment. Pour l'instant, nous ignorons ses motivations idéologiques, bien que plusieurs sources officieuses pointent la piste islamiste. L'individu, dont on ne sait pas encore s'il s'agit d'un policier qui aurait pris pour cible ses collègues, est parvenu à sortir du bâtiment et à s'enfuir, malgré les forces lancées à sa poursuite. Il est activement recherché et le quartier est bouclé.*

De nouvelles images, sans intérêt, montraient des voitures de police circulant dans les rues avec des gyrophares. Le « correspondant sur place » reprit :

— *Une conférence de presse est prévue au ministère de l'Intérieur dans la soirée. D'ores et déjà, plusieurs questions restent sans réponse. S'agit-il d'un policier qui aurait pris pour cible ses collègues ? Dans le cas contraire, comment un terroriste a-t-il pu pénétrer dans des locaux réputés ultra-sécurisés ? Enfin, comment a-t-il pu échapper jusqu'ici aux nombreux policiers lancés à ses trousses ?...*

— Tu veux un peu de salade ?

La voix de Liliane interrompit le flot sans fin d'interrogations que se posait le journaliste. J'acquiesçai et me retrouvai avec de la laitue dans mon assiette. Mais mon attention restait focalisée sur la télévision. Le présentateur était réapparu.

— *Mesdames, messieurs, nous venons de recevoir de nouveaux éléments. C'est une vidéo amateur prise dans la rue par un passant au moment des faits.*

Je me demandai pourquoi cette vidéo avait atterri dans les bureaux de la chaîne au lieu d'être remise à la police, mais je gardai ma réflexion pour moi.

— Nous pouvons y observer l'attaquant s'enfuir.

Sur l'image de qualité médiocre, on voyait l'entrée de la DGSI. On entendait des détonations assourdies. Soudain, un individu jaillit en traversant un mur vitré comme s'il s'était agi d'une simple paroi de tissu. Il traversa la chaussée, passa devant le vidéaste anonyme et tourna au coin de la rue. La séquence s'arrêtait là.

Le repas continua. Le journal télévisé aussi, sur d'autres sujets passionnants comme la météo capricieuse ou la stabilité des tarifs du gaz. De mon côté, je tentai comme je pus de cacher mon désarroi : bien que de mauvaise qualité et mal

cadrées, les images montraient clairement le visage de l'assaillant. C'était moi. Mon précédent moi.

*
*   *

L'air renfrogné, j'observais Liliane et Georges se préparer
pour sortir. J'étais assise sur le canapé. J'avais l'impression
d'avoir une place attitrée, comme Sheldon dans The Big Bang
Theory. Je devais être pour mon entourage actuel aussi acariâtre et difficile à supporter que lui.

Mon humeur, déjà exécrable en raison de ma mort et de ma
captivité au sein de ma famille d'accueil, avait encore empiré
après les nouvelles de la veille au soir que j'avais ruminées
pendant toute la nuit. Au moins, je savais désormais pourquoi
quelqu'un avait pris ma place. Mon ancien visage s'étalait sur
toutes les chaînes. J'étais l'homme le plus recherché du pays.
L'ennemi public n°1. Ça avait beau ne pas être ma vraie enveloppe corporelle, ni même l'actuelle, dans mon esprit, j'étais
bien poursuivi par toutes les polices. Et la seule issue que je
voyais à ma situation était de me réfugier auprès de Bébel et
de sa brigade pour trouver une explication à tout ce bordel.

Durant la nuit, mes efforts en ce sens avaient cependant été
contrariés. J'avais tenté une sortie pendant que je croyais tout
le monde endormi et que le B-52 de mon gendre se trouvait en
plein vol. Mais j'avais à peine fait quelques pas dans le couloir
que ma fille jaillit de sa chambre, feignit de croire que je me
rendais aux toilettes et m'y amena avant de me raccompagner
à mon lit. Une fois que je fus à nouveau couché, je l'entendis
aller jusqu'à la porte de l'entrée, verrouiller celle-ci et retirer
la clé de la serrure.

63

L'échec de cette nouvelle tentative d'évasion et la nuit blanche qui suivit achevèrent de me rendre aussi aimable qu'un bouledogue. Et on sentait que Liliane prenait patiemment sur elle pour ne pas être accusée de violence sur personne âgée. Elle finit de s'habiller et se tourna vers moi.

— Georges et moi allons au marché, faire les courses.

— Mais ce n'est pas le dimanche, le marché ?

Je le savais parce que Marianne et Schwarzy adoraient y aller. Ils s'extasiaient devant chaque étal, s'enthousiasmaient devant les fromages, les fruits et les poissons, dévoraient des yeux les produits des traiteurs. Personnellement, je détestais : la cohue, les odeurs, les courants d'air froid en hiver… Les deux autres me traitaient de rabat-joie et d'asocial. Je ne voyais pas pourquoi.

— Nous allons à celui de Clichy.

— Ah.

— Comme tous les samedis depuis que nous habitons ici, ajouta-t-elle, avec un regard appuyé, qui pouvait signifier : « elle déraille de plus en plus » ou « c'est quoi les signes avant-coureurs d'Alzheimer, déjà ? »

Je me contins.

— Très bien. Apportez-nous de bonnes choses à manger.

Et pas trop épicées.

Je l'avais dit d'un ton neutre, presque badin, mais ma fille ne fut pas dupe une seconde.

— Nous ne serons partis que deux heures.

Deux heures ! Largement assez pour leur fausser compagnie à nouveau.

— Emma est à son cours de danse, mais Antoine restera ici…

Je n'allais en faire qu'une bouchée !

— Et j'ai demandé à Lucas de venir te tenir compagnie.

Elle m'adressa un sourire qu'on pouvait traduire par « tu ne croyais quand même pas m'avoir comme ça ? »

Mon neveu Lucas, le célibataire endurci, arriva peu après et dès que Liliane et Georges furent partis, il s'installa sur « mon » canapé pour regarder des niaiseries à la télévision, mais en gardant la porte d'entrée dans son champ de vision.

Je m'exilai dans ma chambre. Par la fenêtre, je me mis à contempler la rue. Je me trouvais trop haut pour sauter. J'avais envisagé subtiliser un téléphone, le temps d'appeler rapidement la BPI, mais après mon escapade de la veille, tout le monde me tenait à l'œil, en commençant par le gamin fouineur qui me servait de petit-fils.

Ce dernier vint justement toquer à ma porte.

— Je peux entrer ?

Je fis un sourire hypocrite.

— Mais bien sûr, mon… Antoine.

J'évitai *in extremis* le « mon petit » qui aurait encore éveillé ses soupçons. Mes précautions étaient néanmoins devenues inutiles, comme je le compris dès son entrée.

— Vous êtes qui ? demanda-t-il après avoir fermé la porte.

Sa question me prit au dépourvu. Mon sourire hypocrite s'agrandit malgré tout.

— Mais ta grand-mère. Tu en as de drôles de questions !

Il secoua la tête.

— Vous êtes pas ma grand-mère. Vous êtes qui ?

— Pourquoi dis-tu ça ? Ça me fait très mal que tu dises ce genre de chose. Tu sais, à mon âge, on agit parfois bizarrement.

Feindre la sénilité pour masquer ma clandestinité : j'étais tombé bien bas. J'ignorais si mon sourire s'était encore accru, mais mon hypocrisie, elle, s'épanouissait autant que les mensonges des hommes politiques en période électorale.

— Vous vous comportez pas comme une vieille. Et ma grand-mère, elle a jamais eu les yeux rouge brillant.

Ah. À ce stade, je ne vis plus ce que je pouvais bien lui raconter comme bobards. Il fallait surtout éviter qu'il aille tout balancer à ses vieux. Je m'installai sur un vieux fauteuil, près de la fenêtre, et écrasai sous mon pied les quelques vêtements abandonnés là.

— C'est vrai, je ne suis pas ta grand-mère.

Je pensais qu'il allait se rouler par terre en pleurant ou qu'il allait hurler en rameutant tous les voisins pour qu'on me lynche tel un boursicoteur de Wall-Street pendant une fermeture d'usine. Il ne fit rien de tout ça et se contenta de hocher la tête, pensif. Cela prouvait que je ne m'y connaissais absolument pas en enfants. Ou alors celui-ci était plus sensé que de nombreux adultes.

— Vous êtes un clone ?

— Euh, non.

Je retins un frisson en me remémorant ma rencontre dans le parc deux nuits auparavant.

— Une goule ? Un métamorphe ? Un T-1000 ? Un démon de possession ?

Je ne comprenais rien à ce qu'il me racontait, mais je subodorais que son imagination allait finalement me faciliter la tâche : nul besoin de trouver une fausse explication rationnelle.

— Je suis un extraterrestre.

La vérité fut le bon choix : il n'éclata pas de rire. Il hocha de nouveau la tête avec sagesse.

— Vous avez pris le contrôle du corps de ma grand-mère, comme dans Stargate ou dans L'invasion des profanateurs ?

— Sincèrement, je ne pige rien à ce que tu me baragouine.

Il prit le temps de réfléchir, puis :

— Vous pouvez libérer ma grand-mère et nous laisser tranquilles ?

— Je ne peux pas libérer ta grand-mère, dis-je doucement, ayant conscience de marcher sur des œufs.

Ses yeux s'embuèrent.

— Vous l'avez tuée ?

— Non ! Comment dire. Je ne peux occuper un corps que s'il est vide.

Pour éviter d'être brutal, j'ai sorti une explication probablement trop alambiquée qui n'allait pas être comprise. Une fois de plus, il me surprit.

— Elle était déjà morte ?

— C'est ça.

Nouveau hochement de tête.

— Elle était très fatiguée, admit-il.

J'acquiesçai.

— Et vous avez besoin de rejoindre votre famille ?

Qualifier Marianne, Schwarzy et Bébel de famille était sans doute exagéré, mais à défaut de grive…

— Exactement. Tu peux m'aider ? murmurai-je d'un ton suppliant.

— Maman vous laissera pas vous échapper. Mais…

— Oui ?

C'était l'instant crucial. La porte de sortie possible. J'entendis les pas de mon neveu Lucas dans le couloir. C'était bien le moment qu'il se lève, celui-là ! Je craignis qu'il vienne nous interrompre et faire tout capoter. Je dus résister au réflexe d'attraper Antoine par les épaules et le secouer comme une maraca, pour qu'il crache enfin le morceau. Ce fut inutile : Lucas allait simplement aux toilettes.

— Je sais où elle cache la clé de la porte d'entrée pendant la nuit. Si elle vous voit farfouiller, elle se méfiera. Mais moi, je peux la récupérer et vous l'apporter sans qu'elle se doute de quoi que ce soit.

— D'accord, mais dès qu'elle m'entendra me lever, sortir de ma chambre et marcher dans le couloir, elle viendra m'intercepter. Et je ne suis pas encore assez fort pour lui résister.

Antoine eut un sourire malicieux.

— Elle vous entendra pas.

Il semblait sûr de lui.

*
*   *

J'essayai de masquer mon impatience pendant toute la journée du samedi. Les heures se traînaient et je crus que le soir n'arriverait jamais. Comme prévu, Liliane verrouilla la porte de l'entrée dès le dîner fini. Je demandai à rejoindre ma chambre tôt. Restée seule, je m'habillai comme pour sortir et me glissai sous les draps. J'avais évidemment trop chaud, mais j'étais prête à tout endurer en échange d'une évasion le soir même.

Pendant que ses parents lavaient la vaisselle et rangeaient la cuisine, Antoine vint m'apporter la précieuse clé. Mon sésame.

— Tu es sûr qu'ils ne vont pas m'intercepter ? demandai-je, dubitatif.

— Ne vous inquiétez pas, répondit-il en me faisant un clin d'œil.

Puis, il resta planté là, se dandinant d'un pied sur l'autre, l'air penaud. Je crus qu'il regrettait notre conspiration. Il s'agissait d'autre chose.

— Je sais que vous n'êtes pas ma grand-mère, mais je pourrai vous faire un câlin ?

— Euh, oui.

D'un geste pataud, je le pris dans mes bras et le serrai contre moi. Je sentis des larmes silencieuses couler.

— J'aimais bien ma grand-mère. Vous allez partir et ensuite je ne la reverrai plus jamais.

— Malheureusement, oui.

Il se redressa, sécha ses larmes et ressortit.

J'attendis et au milieu de la soirée, étonnamment tôt pour un samedi soir, Liliane envoya les enfants se coucher, passa me dire rapidement bonsoir depuis le seuil et s'enferma dans sa chambre. Vingt minutes plus tard, alors que le silence avait envahi l'appartement, je compris mieux la raison de cet empressement en entendant le sommier du lit parental grincer de manière rythmique : le samedi, c'était soirée câlins pour ma fille et mon gendre. Antoine avait pensé à tout. J'espérais que Georges ait avalé de bonnes quantités de gingembre, de bois bandé ou de n'importe quelle substance réputée aphrodisiaque qui fasse durer la séance au-delà du raisonnable et m'accorde un maximum de temps pour mon évasion.

Je me dépêchai d'enfiler précautionneusement mes chaussures. Je me glissai dans le couloir, essayant à la fois de ne faire aucun bruit et de me dépêcher, car si ma petite-fille avait soudain l'idée de sortir de sa chambre précisément au même moment, c'était mort. À l'instant où je décrochais mon manteau, mon cœur faillit rater une pulsation : les grincements du sommier venaient de s'interrompre. Je me préparai mentalement à voir s'ouvrir la porte et sortir mon gendre à moitié nu, une poutre à la main. Heureusement, ils ne faisaient que changer de position et le couinement reprit.

Je m'approchai de la porte, glissai lentement la clef dans la serrure et la tournai encore plus lentement. Des gémissements s'ajoutèrent aux grincements du sommier et couvrirent le bruit du pêne. À la seconde où j'allais ouvrir la porte, j'aperçus le téléphone de Georges posé sur la commode. Une aubaine. Je l'attrapai au passage.

La descente des escaliers fut plus aisée que la fois antérieure : mon corps récupérait rapidement. Dehors, malgré l'heure tardive, il y avait encore de l'animation dans les rues en ce samedi soir. J'atteignis une petite place portant le nom d'un obscur homme politique et me dépêchai d'appeler le numéro d'urgence que la brigade nous avait fait apprendre par cœur. J'avais peur que ma famille d'adoption me remette la main dessus avant d'avoir pu signaler ma présence.

J'observais nerveusement les alentours, pendant que la sonnerie se répétait. On décrocha :

— Allô ?

Je pris une inspiration.

— Les escort-girls vous escortent rarement dans une Ford Escort.

C'est Marianne qui avait trouvé cette phrase-code, puisque rien ne me venait à l'esprit. Comme je pensais ne jamais avoir à l'utiliser, j'avais cédé. Je pestai contre ma faiblesse coutumière.

— Bougez pas. On arrive.

On me raccrocha au nez. Avec les moyens de la DGSI, pas besoin de leur communiquer une adresse : il leur suffisait de localiser le téléphone que j'avais utilisé. J'attendis, de plus en plus stressée, croyant voir Georges ou Lucas dans chaque passant.

Enfin, les façades des immeubles renvoyèrent la lumière bleue intermittente des gyrophares, quelque secondes avant que trois voitures banalisées pilent sur la placette. En jaillirent Bébel et son escouade habituelle de blousons en cuir élimé. Je me levai et allai vers eux.

— Enfin ! Les gars, j'ai cru que je vous verrais jamais plus.

Je fronçai les sourcils. Quelque chose clochait. Bébel me regardait fixement et ses gars s'étaient déployés en arc-de-cercle.

— Qu'est-ce que…

On ne me laissa pas finir ma phrase. Sur un signe de Bébel, plusieurs policiers se ruèrent sur moi, me firent tomber et me plaquèrent au sol.

CHAPITRE 7

L'INTRUS AU BONNET

Bande d'abrutis ! Connards ! Têtes de nœud !
— Il est toujours fascinant de constater la variété des insultes que l'esprit humain a développé au cours de son processus civilisationnel.

— Crétins ! Débiles ! Enfoirés !

Cela faisait deux heures que je m'époumonais ainsi. J'avais fait de même dans la voiture qui m'avait amenée jusqu'au siège de la DGSI. À ce rythme, j'aurais déjà dû finir atone. Heureusement, mes capacités physiques non humaines préservaient aussi mes cordes vocales. Ça ne devait pas être les « talents » auxquels Alexandre avait fait référence, mais cela me permettait de continuer à beugler tout mon soûl.

— Puisque je vous dis que je n'ai rien à voir avec cette attaque, bande de trouducs !

Bébel s'était montré inflexible. J'avais été transféré dans les sous-sols de la DGSI comme un prisonnier. Mes mains étaient menottées, reliées par une chaîne à une table métallique fixée au ciment du plancher. J'avais déjà connu ces pièces nues et froides, à l'éclairage cru, destinées à faire craquer le suspect. Bébel se plaisait à y laisser mariner celui qu'il allait interroger, afin d'user sa patience. Ça marchait parfaitement sur moi.

D'autant plus que Marianne et Schwarzy s'étaient glissés dans la salle d'observation. Derrière la glace sans tain, ils avaient enclenché l'interphone et me raillaient en feignant de discuter entre eux.

— Ça lui va bien ce teint de peau, tu ne trouves pas ?

— Malheureusement, ça ne l'a pas rendu plus aimable.

— J'vous emmerde !

Mon interruption n'eut aucun effet.

— En tous cas, je l'imagine mal courir après un caïd de la pègre.

— Et moi, je l'imagine mal continuer à se faire appeler Aristote.

Je n'eus pas le loisir de répliquer, car sur ces entrefaites, Bébel se décida à mettre fin à l'attente. Il entra l'air de rien, un dossier à la main. Je l'avais vu faire ça des dizaines de fois.

— Bonsoir madame, lança-t-il d'un ton ironique.

Il s'approcha, coupa le son de l'interphone par lequel s'était déversées les voix de Schwarzy et Marianne et s'assit en face de moi.

— Alors, comme ça, c'est un nouveau corps ? Futé. Très futé de changer de corps après votre attaque. Pas étonnant que vous vous soyez évaporé et qu'on n'ait pas réussi à vous mettre la main dessus.

Je tendis mes poignets entravés.

— Libérez-moi.

— Et pourquoi je le ferais, ma petite dame ?

Ce qu'il pouvait m'énerver, parfois.

— C'est moi, Aristote.

— Nous le savons : vous avez donné votre phrase-code et les caméras ont montré que vous aviez deux tomates fluorescentes à la place des orbites. Donc, à moins qu'un troisième Poulpe se balade, à qui vous auriez confié votre phrase-code pour je ne sais quelle obscure raison, vous êtes bien Aristote. Celui qui est recherché par toutes les polices de France et de Navarre.

— Je n'ai rien fait.

— C'est vous qui le dites !

— Bien sûr que c'est moi ; vous voyez quelqu'un d'autre dans la pièce ?

Je regrettai aussitôt mon sarcasme : ce n'était pas vraiment le moment de faire le malin. Bébel s'adossa à sa chaise, croisa les bras et un sourire flotta sur ses lèvres. C'était dans ces instants-là qu'il était le plus imprévisible.

— Tss, tss, tss. Au lieu de vous prendre pour un clown, vous feriez mieux de trouver des arguments pour vous disculper, avant de vous retrouver à Fleury-Mérogis à servir d'antenne-relais pour les appels des caïds du coin à leurs fournisseurs de dope.

Je soupirai et devins raisonnable, car je n'aurais rien gagné à le braquer.

— Écoutez, ce n'est pas moi qui me suis introduit ici vendredi midi et qui vous ai attaqué.

— Dans ce cas, vous allez me dire primo qui était ce type qui vous ressemblait comme une deuxième couille et secundo où vous vous étiez fourré pendant tout ce temps.

C'est ce que je fis. Je lui parlai des ombres suspectes, du clone croisé dans le parc et du combat que j'avais perdu, de mon exil antillais et de mes tentatives d'évasion malheureuses. Tout cela paraissait tiré par les cheveux, même pour un gars comme Bébel. Je ne savais pas vraiment comment le convaincre de ma bonne foi. En désespoir de cause, je lâchai un pitoyable :

— Je vous assure que j'y suis pour rien.

Bébel se leva, en secouant la tête d'un air peiné. Il mit la main dans une de ses poches, en retira un petit objet métallique qu'il me lança et que j'attrapai au vol et se dirigea vers la sortie. Je regardai le petit objet qui reposait dans le creux de ma main : une clef. Celle de mes entraves.

— Mais, mais…, balbutiai-je.

Bébel se retourna

— Bon, vous venez ? Vous attendez quoi ?

Je me détachai fébrilement et le rejoignis à l'entrée de la pièce.

— Donc, vous me croyez quand je vous dis que ce n'est pas moi qui ai attaqué la DGSI ?

— Mais mon cher petit Aristote, rétorqua Bébel en me gratifiant d'une bourrade, nous l'avons toujours su !

— Hein ?

Ma réplique préférée quand mon cerveau a un métro de retard.

— Il ne nous manquait en fait que quelques détails que vous venez de nous fournir avec empressement. D'habitude, vous faites toujours votre mauvaise tête et il faut vous tirer les vers du nez. Pour une fois, ça a été rapide et facile. C'est l'avantage des salles d'interrogatoire !

Marianne et Schwarzy nous rejoignirent, un sourire moqueur aux lèvres. Leur complicité avec Bébel et ses méthodes discutables ne me surprenait pas. Je grommelai plusieurs insultes à leur intention pendant que nous suivions Bébel dans les couloirs souterrains. Nous parvînmes à notre habituelle salle de réunion. Bébel s'installa au milieu des cinq policiers présents, tous en blouson de cuir, qui n'attendaient que lui. Parfois, la Brigade me faisait penser à une secte dont Bébel aurait été le gourou incontesté. Je laissai libre cours à ma mauvaise humeur :

— Bon, vous avez eu de ma part les éclaircissements que vous vouliez. J'aimerais bien en avoir aussi.

— Mais bien entendu ! répondit le gourou. Pas la peine de prendre cet air grognon ! On dirait que toute cette affaire vous a fâché. Attention : pas de ça entre nous, mon petit Aristote !

Comment ce gars pouvait continuer à appeler « mon petit Aristote » une vieille dame antillaise de 80 ans ?

— Tiens, Favreau ! fit-il en tapant de la paume de la main sur la table.

L'intéressé, qui était son bras droit, se redressa et consulta ses notes.

— Hier, vendredi, à 12h15, deux membres de la Brigade, accompagnés par trois agents du service de sécurité, sont intervenus en réponse à une intrusion.

Pendant qu'il parlait, un autre type tapota sur un clavier et le vidéoprojecteur de la salle diffusa les images des caméras de surveillance internes. On y voyait les policiers qui étaient à côté de Marianne et Schwarzy plaquer ces derniers à terre pour les protéger, tandis que leurs collègues tiraient sur un gars qui ressemblait comme deux gouttes de sang à mon ancien moi.

— Comment vous avez su que c'était pas moi ?

— Un des gars de la Brigade était de permanence à la vidéo-surveillance vendredi. Il s'est dit qu'il y avait quelque chose de différent de d'habitude. Puis, il s'est rendu compte de ce qui clochait : sur les écrans, vos yeux étaient normaux. Pas de lumière brillante. Il a prévenu Riché.

L'intéressé, qu'on voyait sur les écrans vider consciencieusement son chargeur sur moi-même, hocha la tête et prit le relais.

— On a eu la confirmation quand mademoiselle…

Il désigna Marianne, pour laquelle le qualificatif me semblait pourtant incongru.

— Quand elle a tenté de vous enlever votre bonnet. Vous êtes devenu fou furieux.

— En gros, vous avez démasqué l'intrus, parce que ses yeux étaient moins beaux que d'habitude et qu'il ne supportait pas que l'on touche à son bonnet ?

— C'est un peu sommaire, répliqua Bébel, mais globalement c'est ça.

— Et mon clone au bonnet vous a échappé, alors qu'il se faisait tirer dessus dans un édifice ultra-sécurisé dans lequel grouille un millier d'agents. J'ai toujours bon ?

Je poussais un peu le bouchon, mais j'étais énervé par mon bizutage en salle d'interrogatoire. Et puis, même si ce n'était pas moi – ou plus moi – je n'appréciais pas qu'on m'ait tiré dessus.

— Dites donc, mon petit Aristote ! Ce n'est pas très gentil de se moquer. Il faudrait pas oublier que c'est un peu grâce à vous que ce gars se trouvait dans nos locaux. Et puis, manifestement, il y a autre chose.

Il claqua des doigts à l'attention du policier qui manipulait les images. Je vis alors mon clone, bien que criblé de balles, parcourir les couloirs à la vitesse d'un athlète dopé, monter les escaliers sur plusieurs niveaux de sous-sols, toujours poursuivi par les policiers, arriver au rez-de-chaussée et sauter à travers une paroi vitrée et par-dessus une grille, avant d'atterrir dans la rue.

— La suite, vous avez dû la voir à la télé.

Je déglutis.

— La vitre qu'il a détruite…

— Est blindée, oui, acheva Bébel. Elle résiste à un tir de mitrailleuse. Et votre copain l'a traversée comme un rappeur plongeant dans une piscine remplie de starlettes. ses blessures ne duraient pas suffisamment pour le gêner et on a même retrouvé des balles ensanglantées qui avaient dû arriver quelque part dans son corps et qui en ont été expulsées. Le type cicatrisait pendant qu'il courait. Ce qui veut dire…

— Ce qui veut dire qu'il aurait copié non seulement ton apparence, mais aussi tes facultés, conclut Marianne.

*

*   *

Nous marchions dans les couloirs souterrains, Schwarzy, Marianne, Bébel et moi, suivis de la cohorte des blousons de cuir.

— Donc, ce type ne peut pas être humain, résumai-je.

— Et donc, il est comme nous : un extraterrestre, compléta Schwarzy.

— D'une autre race, visiblement.

— À moins qu'il s'agisse des pouvoirs dont Alexandre nous a parlé, me glissa Schwarzy à voix basse pour éviter que Bébel ne nous entende.

Toujours ses fantasmes de pouvoirs à la Superman.

Nous arrivâmes devant les escaliers qui montaient vers la cafétéria.

— Ne m'attendez pas ; j'arrive tout de suite, leur fis-je en me dirigeant vers le couloir opposé.

— Vous allez où ? demanda Bébel.

— Au labo, récupérer des comprimés.

Les fameux comprimés qui chez Schwarzy et moi décuplaient nos caractéristiques physiques et notre faculté de régénération.

— Vous rigolez ? Interdiction d'en prendre.

— Hein ! Et pourquoi ça ? Puisque je ne suis pas votre intrus. Et il faudra bien que je me défende s'il revient.

— S'il revient, cette fois, nous serons prêts. Par contre, pour vos missions habituelles, la discrétion c'est la priorité. Vous pensez que c'est discret une mémé de 80 ans foutue comme un haltérophile ? Donc, vous restez comme vous êtes.

Inutile de contester la décision du gourou en présence de sa secte. Je revins vers eux malgré ma furieuse envie de taper du pied et de me rouler par terre.

Nous nous installâmes tous les quatre à une table, les autres membres de la Brigade s'égayant dans la cafétéria vide. Il était presque minuit, un samedi soir : même s'il fonctionnait 24 heures sur 24, l'immeuble était presque vide. Seules les machines à café fonctionnaient, mais les adeptes de la secte parvenaient toujours à apporter de vrais cafés à leur gourou et ses invités.

— Le seul qui peut nous éclairer concernant cette nouvelle race, c'est Alexandre, constata Bébel. C'est lui qui connaît tous ces trucs-là.

— Il revient quand ? demandai-je.

— Lundi en fin d'après-midi. Il est encore à traînasser en Norvège. J'espère qu'il ramènera quelque chose d'utile. J'ai toujours l'impression qu'il fait du tourisme ufologue.

— Mais vous le laissez toujours repartir.

— Hum. Vous voyez que je suis bienveillant. En attendant de le revoir, vous avez un briefing demain.

— Un briefing pour quoi faire ?

— Vous avez une nouvelle mission lundi matin.

— Quoi !? Encore !?

— Mon petit Aristote, il faut bien justifier votre salaire. Et puis, nous avons beaucoup de demandes de la part des autres services et directions.

Depuis que la Brigade avait commencé à nous employer, tous les organismes de la police déposaient des demandes pour utiliser nos services. Étant passé de pestiféré à indispensable, Bébel exultait et n'hésitait pas à nous faire travailler deux fois plus pour répondre à toutes les sollicitations d'appui.

Bien sûr, l'intrusion avait fait jaser. Et dans le panier de crabes que représentait le microcosme du ministère de l'Intérieur, et pire encore de la DGSI, toute erreur était abondamment exploitée par les concurrents de Bébel. Il s'agissait d'une raison supplémentaire de nous faire trimer.

— Après ce qui m'est arrivé, je pensais avoir un peu la paix…

— Ce qui vous est arrivé, ce qui vous est arrivé. Attendez, la vie va pas s'arrêter à cause d'un couteau en plein de cœur.

Il s'écoutait parler parfois ?

— Et regardez-vous : vous êtes en pleine forme !

Il me tapota dans le dos et se leva.

— Et si cette chose se pointe à nouveau ?

— Vous inquiétez pas ! Vous êtes des rocs. Et au pire, vous reviendrez dans un nouveau corps.

Il s'en alla. C'est bien de pouvoir compter sur les gens, en cas de coup dur.

*

*   *

Malgré notre fatigue, une fois à l'appartement, Marianne, Schwarzy et moi nous réunîmes autour de la table du salon et d'une bière fraîche. J'aurais refusé de l'avouer même torturé par un hybride de Torquemada et de Pol Pot mais j'étais content de les retrouver. Et j'avais l'impression qu'eux aussi. Même Marianne.

— C'est pas très rassurant, cette histoire d'extraterrestre cloné psychopathe, fit remarquer Marianne en jouant avec un sous-bock récupéré dans un tiroir. Vous trouvez pas ?

— Rien à foutre de ce connard. S'il se pointe, je le bouffe !

Encore cette obsession. Pour le moment, ce qu'il engloutissait, c'était sa bière. Il en était déjà à sa deuxième, alors que nous n'en étions qu'à la moitié de la première.

— Ça fait quand même bizarre, reprit Marianne. On s'était habitués à ton ancien corps.

— Moi aussi, répondis-je.

Avec ce changement, j'avais l'impression non seulement d'être physiquement diminuée, mais aussi d'usurper cette identité. Cela devait être la dixième fois que je prenais possession d'un nouvel organisme et c'était la première où je me considérais comme un squatteur qui s'approprie indûment ce qui n'est pas à lui. La faute peut-être à ce petit gosse triste d'avoir perdu sa grand-mère qui m'avait permis de m'enfuir.

— En tous cas, j'ai eu un mal fou à m'échapper, cette fois-ci.

D'habitude, j'atterrissais dans des corps de personnes seules : des vieux, des célibataires. L'avantage de la société moderne. Personne ne se souciait de vous. Rien à voir avec cette fois-ci.

— Tu ne vas pas leur en vouloir de tenir à leur grand-mère, si ?

Le reproche de Marianne n'était pas dénué de fondement. Et je me dis que s'ils tenaient tant que ça à leur grand-mère, ils devaient encore être en train de la chercher. Et ils risquaient de me tomber dessus à nouveau si je les croisais dans la rue.

CHAPITRE 8

EFFRACTION DIPLOMATIQUE

Lundi, au petit matin, je traînais mes vieux os sur un trottoir de la rue Saint-Lazare.

Dans sa grande bienveillance, Bébel nous avait laissés nous reposer le dimanche matin et ne nous avait convoqués qu'en début d'après-midi. Une voiture était venue nous chercher et nous avait emmenés directement dans le parking souterrain de la DGSI. Nous avions dû ce traitement de faveur à deux raisons. La première avait été que la banque qui nous servait d'entrée clandestine ne pouvait décemment pas être ouverte un dimanche. Les concepteurs de la couverture n'y avaient pas pensé ou n'imaginaient pas travailler un dimanche. Peut-être que Bébel allait y remédier en remplaçant la succursale bancaire par un vendeur de kebabs. La deuxième raison pour laquelle on nous avait envoyé une voiture était le risque de voir ma famille d'adoption venir une nouvelle fois me sauver. Ils avaient déjà alerté la police. Heureusement, aucune alerte « personne disparue » ne circulait encore.

Je me rapprochai de l'immeuble abritant l'ambassade de Guinée-Bissau.

— La Guinée-Bissau est totalement gangrenée par les narco-cartels sud-américains, nous avait expliqué Bébel. Ils contrôlent la plupart des structures : des hommes politiques jusqu'à la police, en passant par les juges et les entreprises… Ils se servent du pays comme d'une plaque tournante pour faire passer la drogue en Europe.

Je levai la tête pour observer le drapeau jaune, rouge et vert – pas très original – qui ondulait à un des étages. Le tissu en était effiloché et les couleurs passées. Les importantes commissions que percevaient les hommes politiques n'étaient visiblement pas réinvesties dans l'image du pays. Ne parlons pas du système de santé ou de l'éducation.

Compte tenu de l'entrée en matière, cela ne nous avait pas surpris que ce soit un réseau de narcotrafiquants qui soit visé. Pour le faire tomber, la première étape consistait à s'infiltrer dans l'ambassade.

— Le premier conseiller, qui est aussi secrétaire et consul, car c'est une petite ambassade, est votre cible.

Il y avait encore peu de monde dans les rues. Je vis donc l'intéressé arriver au loin. Comme d'habitude, il n'avait qu'une ressemblance approximative avec la photographie qui nous avait été montrée. Pourquoi est-ce toujours ainsi ? À croire que les photomatons sont habités par des poltergeists.

— Aristote, vous serez l'appât.

Je jetai un regard surpris à Bébel, Pour une fois que ce n'était pas Marianne. Il aimait les vieilles le diplomate ou quoi ? Mais la suite des explications avait montré que je n'allais pas jouer le même type d'appât que le succube qui partageait mon appartement.

Je passai la porte cochère de l'immeuble et commençai à fureter autour des boîtes aux lettres et des portes donnant sur les escaliers. Ma cible ne tarda pas à arriver. Je me trouvais opportunément au milieu du passage lui permettant d'accéder à l'escalier qui menait aux locaux de l'ambassade.

— Je vous prie de m'excuser, jeune homme, dis-je d'une voix aigrelette et fragile.

Il approchait plutôt la cinquantaine, mais pour la mémé que j'étais devenue, il restait un « jeune homme ». Et puis, ça flatte toujours. Il me répondit d'ailleurs avec un grand sourire et un accent chantant d'Africain lusophone.

— Oui, madame ? Que puis-je pour vous ?

— Je cherche une de mes anciennes amies, que j'ai perdue de vue : madame Jacquinot. On m'a dit qu'elle habitait ici, mais je ne la trouve pas sur les boîtes aux lettres.

— Je la connais ; elle occupe un appartement dans la cage d'escalier C. C'est ici.

— Ah, je vous remercie, monsieur. Mes yeux ne sont plus ce qu'ils étaient.

— Il n'y a pas de mal. J'y vais justement ; je vais vous ouvrir.

— Oh, vous êtes vraiment bien aimable.

— Et puis, madame Jacquinot est une voisine : elle habite sur le même palier que là où je travaille.

Évidemment ! C'est bien pour ça qu'on l'avait choisie. Et aussi parce qu'elle avait dû partir en urgence hier soir pour aller voir une vraie ancienne amie mourante, à la suite d'un appel téléphonique aussi dramatique que bidon.

Il m'ouvrit la porte et appela l'ascenseur.

— Personne ne se méfie d'une vieille. Vous rentrerez sans problème. Et n'hésitez pas à en faire trop, avait ajouté Bébel. Tout le monde s'attend à ce que les personnes âgées jacassent.

— Vous savez, je ne l'ai pas revue depuis une éternité, commençai-je avant de monter dans l'ascenseur. Je ne sais même pas si elle me reconnaîtra. Nous étions les meilleures amies du monde quand nous habitions dans le Sud.

L'autre hochait la tête poliment, mais on sentait qu'il était désormais soûlé et qu'il n'attendait plus qu'une chose : se débarrasser de la vieille peau radoteuse. Sa garde baissa encore d'un cran. Quand la porte de l'ascenseur s'ouvrit, j'avais déjà mis la main dans mon sac et sortis, au lieu de photos souvenirs des vacances sur la Côte d'Azur, la matraque électrique. Marianne me l'avait confiée comme s'il s'était agi d'une relique remontant aux Croisades. Je l'enfonçai dans le ventre de mon accompagnateur. Je ne privilégiais pas les mêmes zones que ma colocataire. Ni les mêmes doses. Il fallait qu'il puisse reprendre ses esprits rapidement.

Le pauvre gars s'écroula malgré tout, les jambes à l'intérieur de la cabine et le reste du corps sur le palier. Schwarzy sortit de l'appartement de la fausse amie.

— Tandis que vous serez dans l'appartement et qu'Aristote joue de ses charmes sur la cible, votre corps servira de wifi à Marianne pour qu'elle désactive les caméras de surveillance de l'ambassade qui donnent sur le palier, ainsi que l'alarme.

Schwarzy attrapa le paquet diplomatique sous les aisselles, le souleva et le tint debout contre la porte pendant que je lui faisais les poches, à la recherche des clefs.

— Vous devriez être tranquilles, avait précisé Bébel. Sauf si un voisin soucieux d'écologie décide de descendre par les escaliers au lieu de prendre l'ascenseur.

Une porte à l'étage du dessus s'ouvrit et des cris d'enfants emplirent la cage d'escalier. Je me dépêchais de déverrouiller la porte. Une fois à l'intérieur, chacun se consacra à la tâche qui lui avait été attribuée. Schwarzy installa son paquet sur une chaise et entreprit avec ardeur de lui administrer des gifles pour le réveiller. Avec la force qu'il possédait, je craignis que cela n'aboutisse au résultat inverse. De mon côté, je cherchais l'ordinateur de l'ambassadeur.

— Il n'arrive jamais à l'ambassade avant 10h00. Donc, aucune inquiétude de ce côté-là.

J'insérai dans l'ordinateur de l'ambassadeur amateur de grasses matinées le dispositif que nous avait confié la direction technique et laissai faire Marianne, installée dans une camionnette garée dans la rue.

— Et pourquoi je pourrai pas être là-haut ? Dans l'appartement de la vieille pour désactiver les caméras et dans l'ambassade pour le reste ? Au lieu de moisir dans une camionnette qui pue sûrement le gazole et la sueur ?

— D'abord, parce que moins vous serez nombreux installés dans l'appartement d'à-côté, moins vous risquerez de laisser des souvenirs derrière vous. Discrétion, bordel ! J'arrête pas de vous le répéter. Et pour l'ambassade, en cas de coup dur, vous êtes la seule qui ne ressusciterez pas. Vous serez donc plus en sécurité en bas. Et puis arrêtez de vous plaindre !

J'eus envie d'applaudir. Marianne avait boudé pendant le reste du briefing.

L'écran s'alluma devant moi sans que je n'aie touché à rien. Notre hackeuse revendicatrice s'activait dans sa camionnette puante en profitant de notre wifi corporel gratuit. Elle allait rapidement aspirer toutes les données qui se trouvaient dans le disque dur. Mais il y avait une information qui ne s'y trouvait pas et c'est pourquoi nous avions aussi besoin de notre otage momentané.

Il était revenu à lui, grâce ou malgré les claques de Schwarzy. Je m'assis sur un bureau face à lui.

— Gustavo Gutierres Alvoa. Ça va mieux ?

Il me reconnut et me regarda effaré.

— Putain, vous êtes qui ?

Nouvelle baffe de Schwarzy.

— On reste poli et on n'emploie pas de gros mots devant les personnes âgées, bordel de merde !

— Gustavo. Nous allons essayer de gagner du temps. La famille Miguelín vous a copieusement graissé la patte pour que vous mettiez à sa disposition une maison du côté de Dourdan.

— Je ne sais pas de quoi vous parlez !

Je retins *in extremis* le bras de Schwarzy.

— Gustavo, ce n'était pas une question. Nous le savons, donc inutile de nier. Par contre, ce que nous ne savons pas, c'est pour quoi faire et quand ?

— En fait, nous avait révélé Bébel, les Stups, qui nous ont saisis, savent parfaitement qu'il s'agit d'une entrevue des Miguelín avec deux réseaux de trafiquants de drogue de la région parisienne. Mais ils veulent en avoir la confirmation. Et pour de vrai, ils ne connaissent pas la date.

— Et ce que Marianne va siphonner sur l'ordinateur ?

— Du bonus. On aura une mine d'informations pour les opérations futures.

Encore fallait-il mener cette opération-ci et Gustavo n'y mettait pas du sien.

— Je vais te bouffer ! rugit Schwarzy.

Décidément.

— Je ne suis au courant de rien. Et même si je l'étais, je ne vous dirais rien, glapit Gustavo sur un ton qui démentait ses dires.

— Si. Tu vas parler.

— Vous pouvez cogner tout ce que vous voudrez, ça n'y changera rien.

Son accent, plus aussi chantant, s'agrémentait de couinements. Je passai derrière lui et posai mes mains sur ses épaules, histoire d'augmenter un peu son stress. Il sursauta à ce simple contact.

— On va pas te cogner dessus, le rassurai-je.

Je lus du désappointement dans les yeux de Schwarzy.

— Mais tu vas parler quand même. Parce que si tu parles, nous repartons d'ici aussi incognito que nous sommes arrivés. Pas de trace, pas de désordre. Même tes joues auront eu le temps de dégonfler avant l'arrivée de ton chef. Ni vu, ni connu. Personne ne saura que nous sommes venus. Et donc personne ne saura que la fuite vient de toi.

J'accrus la pression de mes mains sur les épaules de Gustavo.

— Tandis que dans le cas contraire, tout le monde saura que nous sommes passés. Tout le monde. Surtout les Miguelín.

Gustavo eut un hoquet.

— Je leur dirai que je n'ai pas parlé !

— Oui, mais personne ne te croira. Personne ne voudra prendre ce risque.

Je me rassis sur mon bureau, petite octogénaire frêle.

— Alors, tu décides quoi ?

Il se mit à table. Comme prévu. J'étais contente : j'avais assuré. Je n'imaginais pas que j'allais mourir à nouveau.

*

*   *

Dix minutes plus tard, Marianne avait copié tout ce qu'il y avait sur l'ordinateur et Gustavo avait lâché les moindres détails qu'il connaissait, y compris ceux qu'on ne lui demandait pas. Le soulagement que tout soit fini se lisait sur son visage, accompagné de l'angoisse que nous ne tenions pas nos engagements. Il ignorait qu'une caméra miniature incorporée dans un bouton de la veste de Schwarzy avait filmé toute la confession, histoire de revenir lui faire du chantage si d'aventure on avait un jour à nouveau besoin de lui.

— Pourquoi voulez-vous savoir tout ça ? s'enquit-il. Vous ne vous rendez pas compte de qui vous allez affronter.

— Oh que si ! répondis-je alors que je n'avais en réalité aucune idée de qui étaient les Miguelín. Mais que veux-tu : c'est la loi de la jungle et il faut bien éliminer la concurrence.

Une directive de Bébel : nous faire passer pour des rivaux dans le milieu. Premièrement, Gustavo et ses locaux bénéficiaient de l'immunité diplomatique. Il ne fallait donc pas qu'il soupçonne que c'était un organisme de la police française – aussi marginal soit-il – qui était derrière cette intrusion. Deuxièmement, cela le rassurerait : peu importait qui contrôlait le trafic du moment que les deux diplomates continuaient à encaisser leur commission. Cela parut fonctionner, car Gustavo resta pensif, se demandant s'il avait devant lui ses futurs mécènes.

Je fis un signe de la tête vers Schwarzy, sortis sur le palier, après avoir vérifié par le judas qu'il n'y avait personne et appuyai sur le bouton d'appel de l'ascenseur. Toujours cette fameuse règle de la dispersion échelonnée. Marianne devait déjà être partie, au volant de sa camionnette pourrie. Schwarzy suivrait dans cinq minutes, le temps de tenir à l'œil Gustavo. J'aurais difficilement pu jouer ce rôle avec mes quarante kilogrammes de vieux os.

Je m'engouffrai dans la cabine. Je me faisais la réflexion que tout s'était parfaitement passé quand l'ascenseur s'arrêta à un des étages. Les portes livrèrent passage à un gars grand, même depuis ma petite taille. Les traits durs, les cheveux blonds coupés ras, il me plaqua contre la paroi du fond et m'enfonça un pistolet avec silencieux dans le ventre.

— Bouge pas ou tu es morte ! me souffla-t-il avec un fort accent germanique.

Il avait mis des lunettes irisées, de celles qu'on porte en boîte de nuit pour avaler des drogues synthétiques et danser sur des musiques toutes identiques. Pas au petit matin dans un immeuble bourgeois. Ou alors il était complétement défoncé et se croyait encore en discothèque. Non, il contrôlait parfaitement ses gestes. Derrière ses lunettes, je ne pouvais pas voir ses yeux, mais je les devinais petits, froids et méchants. La cabine se remit en marche.

Le psychopathe sortit d'une poche un petit boîtier qu'il passa devant mon visage. Il ne se passa rien et il parut déçu.

— Il est où ? me demanda-t-il à brûle-pourpoint.

Il devait parler de Gustavo. Je ne connaissais pas suffisamment l'affaire pour savoir à quelle bande appartenait ce clown.

— Je ne sais pas de qui vous parlez ?

C'était la première option raisonnable : gagner du temps en espérant que Schwarzy ne tarde pas trop et vienne me sauver. Le tueur blondinet rapprocha son visage du mien.

— J'ignore qui est exactement derrière vous, mais vous n'avez pas idée d'où vous avez mis les pieds.

Ils n'apprenaient qu'une seule réplique dans les écoles de narcotrafiquants ?

— Il est où ? Je ne le répéterai pas !

La cabine arrivait au rez-de-chaussée.

— Je ne sais…

Il tira. La balle s'enfonça dans mon ventre et déchira l'intestin et le foie. Je glissai sur le sol, soulagée. C'était l'autre option raisonnable : le laisser me tirer dessus. Si le gars n'était pas un professionnel ou bâclait son travail, ma cicatrisation accélérée me remettrait sur pied en un ou deux jours. Peut-être moins si Bébel consentait enfin à ce que je m'approvisionne dans le laboratoire de la DGSI.

Le type se pencha sur moi, pointa son arme et pour plus de sûreté me mit une balle dans la tête et… une dans le cœur.

Ils sont gavant, les amoureux du travail bien fait.

92

CHAPITRE 9

LE MONDE VU D'EN BAS

J'arrivai en début d'après-midi sur la place de Villiers et entrai dans la banque. La femme derrière le comptoir fronça les sourcils et regarda derrière moi, à travers les vitres, pour savoir si c'était un coup fourré et s'il se préparait du grabuge. Je m'approchai d'un air las.

— Oui, en quoi puis-je vous aider ?

Son sourire se voulait avenant. Au contraire de ses yeux qui me jaugèrent comme si j'étais une cible au stand de tir, tandis qu'elle glissait ses mains dans un tiroir où je savais que se trouvait son arme de service. L'incident de vendredi les avait rendus paranoïaques.

— Les escort-girls vous escortent rarement dans une Ford Escort, soupirai-je.

Je n'avais pas eu le temps de changer la phrase-code. Les sourcils se froncèrent un peu plus, avant que le visage ne se détende totalement.

— Je vois. Asseyez-vous donc ; je vais appeler votre chef.

Prévenu, Bébel envoya Favreau, son adjoint, me chercher. La seule phrase de ce dernier fut :

— Je vois. Suivez-moi.

Quelques minutes plus tard, nous nous trouvions autour de la table de réunion. Nous attendions Schwarzy et Marianne, qui guettaient mon retour dans notre appartement, au cas où j'aurais refait surface là-bas. Compte tenu de ma dernière résurrection, j'avais préféré jouer la carte de la sécurité et me réfugier directement à la maison mère.

En pénétrant tout à l'heure dans la salle, Bébel avait lui aussi laissé échapper un « je vois ». Je n'avais pu m'empêcher de riposter avec un :

— C'est normal : vous avez des yeux.

— Et perçants. Sinon, j'aurais eu du mal.

Il sourit, fier de sa réplique. Je maugréai de plus belle. Mes deux colocataires finirent par arriver. Ils pilèrent sur le seuil de la salle en m'apercevant. S'ils sortaient un « je vois », j'étais prêt à leur crever les yeux avec la première chose qui me tomberait sous la main.

— Salut, se contenta de dire Marianne.

— Content de te revoir, compléta Schwarzy.

Ils s'assirent sans cesser de me fixer.

— On a beau s'attendre à tout, à chaque fois que vous mourez, ça fait quand même drôle.

— Bon, on peut passer à autre chose ? fis-je assez agacé.

— Bonne idée, approuva Bébel que le sujet n'intéressait visiblement plus. Schwarzy a retrouvé votre corps ce matin en quittant l'ambassade. Vous nous racontez comment vous vous êtes fait tuer ?

Je le fis. Quand j'achevai mon récit, tous restèrent pensifs. Favreau brisa le silence le premier, en s'adressant à son chef.

— On préviens les Stups ? s'enquit-il en s'adressant à son chef.

— Pour leur dire quoi, Favreau ?

— Il faut les prévenir que leur opération risque d'échouer, non ?

— On va les prévenir de ce qui s'est passé, bien sûr. Pour le reste, on était seulement chargés de récupérer les informations demandées. Les Stups verront ce qu'ils comptent en faire et comment procéder.

— Mais on a quand même été découverts, s'inquiéta Marianne.

— Oui et non. Ils ont découvert que quelqu'un s'intéressait à eux. Mais ils ignorent que c'est la police. Tout porte à croire qu'ils sont restés sur l'idée d'une réaction de la concurrence.

— Mais les informations de Gustavo ne servent plus, insista Marianne.

— À voir. Si ce gars a deux sous de jugeote, il ne dira rien. Car soit ses complices mafieux le savent et de toute manière il est un homme mort. Soit ils pensent que vous n'avez pas eu l'occasion de lui soutirer les renseignements désirés et dans ce cas il vaut mieux qu'il ferme sa gueule. Schwarzy, vous avez repéré quelqu'un en quittant les lieux ? Un grand blond avec des lunettes à la con ?

— Personne, certifia mon colocataire.

— Et nous non plus. Donc, ce sujet est clos. Et le dossier ne nous concerne plus.

Sur ce dernier point, l'avenir allait le détromper.

— Bon, dit-il en regardant sa montre. Allez grailler.

La cantine de la DGSI, bien que froide, inconfortable, bruyante et sans charme, devenait progressivement notre deuxième foyer. Nous y mangions plus souvent que dans notre appartement. Et en tous cas, plus souvent ensemble.

J'avais jeté mon dévolu sur un hachis-parmentier assez fade. Je me contorsionnai pour saisir la salière. Marianne me devança, l'attrapa avec une déconcertante facilité et me la tendit. Je marmonnai un « merci » qui tenait davantage de la remarque désagréable que de la politesse. Si je m'étais sentie diminuée dans mon enveloppe précédente, ce n'était rien par rapport à celle-ci.

Bébel arriva sur ces entrefaites et, après quelques échanges anodins, se tourna vers moi.

— Mon petit Aristote, dit-il en insistant sur le deuxième mot, vous avez atterri comment dans ce corps ?

— Je me suis réveillé dans un deux-pièces du quartier de Saint-Lazare.

— C'était chez vous ?

— A priori, oui : il y avait des photos de moi.

— De la famille ?

— Pas d'enfant sur les photos, mais une femme.

Les autres se regardèrent sans rien dire. Schwarzy, avec sa spontanéité habituelle, posa sans réfléchir la question qui brûlait les lèvres des autres.

— Et elle était normale ou…

Je le coupai avant qu'il finisse sa phrase.

— Elle n'est pas comme moi, si c'est ta question.

— Ah.

— Vous êtes mort comment ? demanda Bébel.

Est-ce une question que l'on pose à un vivant ?

— J'étais allongé par terre. Du sang avait coulé de mon nez et de mes oreilles. Il y en avait partout sur moi. J'ai dû me débarbouiller et changer de vêtements.

— Des traces de lutte ou d'effraction ?

— Aucune.

— Vous avez eu le temps de nettoyer ?

— Non, je n'allais pas m'attarder, alors que madame risquait de débarquer n'importe quand.

— Tandis que là, en rentrant, elle va découvrir une nappe d'hémoglobine sur la moquette du salon et des vêtements ensanglantés dans la baignoire. Ça sera beaucoup mieux, ironisa Bébel.

Après les morts successives que je venais de m'enfiler, je goûtai assez peu ces remontrances.

— Vous auriez préféré que je me fasse surprendre et qu'ensuite je mette deux jours pour pouvoir m'échapper, comme la dernière fois ?

— Non, j'aurais préféré que vous appliquiez ce qu'on vous a enseigné pendant un an.

Nous restâmes à nous mesurer du regard. Schwarzy, véritable casque bleu, finit par intervenir en s'adressant à Bébel.

— Vous savez gérer ce type de choses et trouver des solutions pour couvrir nos arrières. Non ?

Ou pour nous accuser à tort. Je repensai à notre arrestation par la BPI presque un an plus tôt. Je gardai cette réflexion pour moi : ce n'était pas le moment d'ajouter de l'huile sur le feu.

— On a déjà dû inventer des bobards pour couvrir l'attaque de vendredi. Bientôt, nous ne serons plus policiers mais scénaristes. Notez, nous serions mieux payés.

Favreau choisit cet instant pour s'approcher de notre table.

— Alexandre vient d'arriver, patron.

— Parfait ! Il a déjeuné ?

— Je viens de lui apporter un sandwich rillettes-cornichons.

— Largement suffisant ! On y va ; il nous fera son point de situation pendant qu'il dégustera son succulent repas.

Tout le monde se leva. Pour ma part, je sautai de ma chaise et me dandinait derrière eux pour éviter d'être semé.

Je trouvai la vie (ou la mort ?) injuste. Depuis le début, Schwarzy bénéficiait du même corps de mastodonte musculeux et en pleine santé. Moi, j'avais enduré plus d'une dizaine de sauts de puce corporels, pour finalement atterrir dans la peau d'un nain.

J'en voulais au monde entier.

Quand nous entrâmes dans la pièce, Alexandre savourait son sandwich les yeux ouverts. Il les ferma le temps de nous dire « bonjour » et je ne sus donc pas s'il avait tiqué en découvrant le cousin de Passe-Partout dans les locaux de la Brigade. Au moins, il ne fit pas le tour de la salle de réunion à la recherche de caméras cachées. Bébel clarifia mon identité.

— Aristote. Dans sa nouvelle enveloppe corporelle, prit-il la peine de préciser.

— Ah.

Je songeai qu'Alexandre n'avait même pas eu l'occasion de me voir en mamie antillaise. Dernièrement, je changeais de corps plus rapidement que Superman de vêtements dans une cabine téléphonique.

Nous nous installâmes autour de la table. Seul Favreau nous avait accompagnés, ce qui était relativement rare, les membres de la Brigade se caractérisant par de puissants instincts grégaires.

— Alors, Alexandre, attaqua Bébel, le voyage a été bon ?

Les yeux d'Alexandre se fermèrent.

— Excellent, merci ! Vraiment très intéressant.

— Dis-moi ce que tu as appris.

Tandis qu'il tenait son sandwich d'une main, il pianota de l'autre sur le clavier de l'ordinateur pour faire apparaître la présentation qu'il avait préparée dans l'avion.

— Vous vous en souvenez : à la suite du crash, un corps a été récupéré. Malheureusement, dès qu'il a été sorti de la neige, il s'est rapidement décomposé. Le peu qu'il en reste —

environ 1 mètre carré de peau – a été préservé en l'immergeant dans l'eau.

L'écran montrait les photos de ce qu'il expliquait. Au fin fond d'un hangar se trouvait une sorte d'aquarium où flottait, inerte, ce qui aurait pu passer pour un morceau de carton si ce n'était sa couleur gris foncé.

— À l'époque, des tests ont été réalisés, mais pas par les Norvégiens. Les prélèvements ont été envoyés aux États-Unis.

Nous réagîmes tous à cette nouvelle.

— Tiens, tiens, commenta Marianne. Nous allons finir par retrouver nos amis de la NSA.

— Ce qui explique tous les renseignements qu'ils avaient sur nous, enchaîna Schwarzy.

Bébel grogna et demanda à Alexandre de poursuivre.

— Depuis, la Norvège a fait ses propres analyses et mes contacts m'ont remis un dossier avec tous les résultats de leurs expérimentations. Je viens de le remettre à notre département scientifique, qui m'a confirmé qu'à première vue il s'agissait bien d'un Poulpe.

— Les Norvégiens ont dit quelque chose de particulier sur nous ? s'enquit Schwarzy.

Il fantasmait encore sur ses pouvoirs secrets. En ce qui me concernait, j'espérais surtout que les analyses déjà faites calmeraient les ardeurs des sadiques scientifiques. Mais je les soupçonnais de réaliser leurs expériences davantage par pulsion malsaine que par nécessité.

— Euh, non. Rien de particulier, éluda Alexandre.

— Très bien, intervint Bébel. Quoi d'autre ?

— Une nouvelle qui n'a rien à voir : un de mes amis ufologues, rencontré à Oslo, m'a dit qu'apparemment, un OVNI se serait écrasé il y a six mois au nord-ouest du Pakistan et que l'équivalent de la BPI locale se serait rendue sur place.

Bébel hocha la tête, le félicita pour son travail et l'envoya se reposer. Je regardai mes camarades tour à tour, pendant qu'Alexandre ramassait ses affaires et quittait la pièce.

— Quoi ? C'est tout ? fis-je dès que la porte se fut refermée.

Bébel me regarda comme s'il ne savait pas de quoi je voulais parler. Schwarzy me regarda de la même façon, mais lui, ne faisait pas semblant.

— Je suis le seul à trouver très minces les informations rapportées ? Il part quasiment une semaine pour nous montrer une photo de peau de phoque. Il est allé se bourrer la gueule à l'aquavit, se gaver de poisson mariné et courir les femmes scandinaves ou quoi ?

— Mon pet…, commença Bébel avant de se reprendre. Aristote, deux choses. La première est que nous avons rapidement et facilement obtenu le dossier qu'il a ramené, parce qu'il connaît tout le monde et qu'il a ses entrées partout. Ensuite, vous savez quelle est l'information la plus importante dans tout ce qu'il nous a dit ?

— Que les Américains avaient reçu des prélèvements ?

— On s'en doutait : ils savaient parfaitement comment vous conserver et comment vous neutraliser avec de la chaux. Ce n'est pas ça, dit-il en balayant d'un geste l'argument.

— Qu'ils ont fait des tests ? tenta Schwarzy. Qu'il ne leur reste qu'un mètre carré de peau ? Que…

— C'est bon, ça suffit, le stoppa Bébel. Le renseignement que je n'aurais jamais pu avoir sans envoyer un gars se geler les miches dans l'Arctique, c'est celui concernant le Pakistan.

— Qu'est-ce qu'il vient faire dans cette histoire ?

— Oh, ça n'a pas de lien direct avec vous. Les autorités pakistanaises n'ont jamais réussi à mettre la main sur quelque chose qui soit tombé sur Terre dans le nord-ouest du pays. La zone dite tribale est pleine de fanatiques enragés qui considèrent impie tout ce qui tombe du ciel. Si la BPI pakistanaise a pu se rendre sur place, c'est que soit il y a eu du changement, soit il s'agissait d'un trop gros morceau pour les décérébrés du coin. Dans tous les cas, ça nous intéresse, ainsi que la section anti-terroriste. Et cette info-là, on l'a eue parce qu'Alexandre est allé là-bas et a discuté avec un de ses comparses qui voient des soucoupes partout. Pourquoi croyez-vous que je cède à tous ses caprices de voyage ?

Il ouvrit les bras pour nous englober avec le reste du monde.

— Personne ne les prend au sérieux, alors qu'ils sont le plus gros service de renseignement sur les extraterrestres !

Essayait-il réellement de convaincre un alien de l'existence des extraterrestres ? Il prit conscience de l'incongruité de la situation et baissa les bras.

— Bon. Je crois que nous avons fini.

Il s'apprêtait à se lever, mais un toussotement de Favreau interrompit son geste.

— Oui, Favreau. Qu'est-ce qu'il y a ?

— Et qu'est-ce qu'on fait pour lui, patron ? demanda ce dernier en me désignant du menton.

— Comment ça ?

— Bah, un nain, c'est pas super discret. Et puis, question capacités physiques… il risque pas de rattraper quelqu'un à la course.

Je résistai à l'envie de lui envoyer ma chaise en travers de la figure.

— Favreau, répondit Bébel, je ne vois pas ce qu'on peut y changer. Même avec les produits du labo, il va pas devenir un joueur de la NBA.

— En fait, je pensais à quelque chose de plus… radical.

— Je t'écoute.

— L'antigang vient de coffrer le bras droit d'un chef de réseau albanais qui braque des commerces. Une véritable armoire à glace.

— Oui, j'en ai entendu parler.

— Mettons qu'on place ce mec et Aristote dans la même pièce et qu'ils meurent les deux en même temps. Dans ce cas, logiquement, Aristote irait dans le corps de ce gars, non ?

— Hé ! protestai-je.

— Ce serait une magnifique opportunité d'infiltrer la mafia albanaise, se défendit Favreau. Insoupçonnable !

À ma grande consternation, Bébel me contempla, soupesant la possibilité de mon assassinat organisé.

— Non, décida-t-il. On aurait des emmerdes et plein de paperasse à remplir.

C'était loin des arguments humanistes que j'escomptais, mais au moins ma mort n'était plus à l'ordre du jour.

*

*   *

Schwarzy, Marianne et moi dînâmes dans un restaurant japonais près du pub où j'avais eu mes habitudes pendant mon ancienne vie et où j'avais passé ma dernière soirée avant de mourir.

— Non, mais vous vous rendez compte, me plaignis-je. Ils étaient carrément en train de programmer ma mort, uniquement pour me faire changer de corps.

— Tu manques pas d'air ! fit Marianne en faisant tournoyer ses baguettes. Je te signale que tu as fait la même chose quand tu étais dans la peau d'un petit vieux. Tu voulais même qu'on le fasse à ta place.

— Et tu as répété l'opération plusieurs fois. Même avec un paraplégique, précisa Schwarzy en enfournant un sushi.

Il prenait la nourriture directement avec les doigts pour la tremper dans la sauce soja.

— Ouais, bon. D'accord. Mais, là, c'est différent.

— Et en quoi, ça l'est ? C'est quoi ces idées à la con ? Un nain faut pas le toucher, mais un petit vieux, si ?

— Ou un paraplégique ? renchérit Schwarzy.

Il avait passé la vitesse supérieure et enfournait désormais des makis deux par deux.

— En tous cas, j'aimerais bien qu'on me demande mon avis avant de me tuer, bougonnai-je, refusant que les autres aient raison et me privent de mon droit à l'auto-apitoiement.

Schwarzy s'essuya les mains sur une serviette qui perdit rapidement sa couleur immaculée. Il avait fini son menu pour deux en un temps record.

— Bon, on y va ? proposa-t-il sans se soucier le moins du monde que Marianne et moi n'ayons pas achevé notre repas.

Dix minutes plus tard, face à son insistance et après une dernière morsure de Marianne à ses brochettes de viande, nous sortîmes du restaurant. Je portais un sac avec des affaires récupérées dans l'appartement dans lequel je m'étais réveillé. Cela m'éviterait d'aller acheter des vêtements pour enfant de huit ans. Pour une fois, j'avais fait preuve de présence d'esprit.

— On va prendre une bière ? suggéra Schwarzy en passant devant le Cluricaune.

— D'accord, mais on s'installe à une table, exigeai-je.

Je ne me voyais pas essayer de grimper sur des tabourets plus hauts que moi. Nous sirotâmes nos pintes en silence, observant les joueurs de fléchettes.

— En fait, ce qui se passe, c'est que j'en ai marre d'être un jouet entre les mains des autres, lâchai-je en repensant à notre discussion au restaurant. Je ne peux même pas décider de ma propre mort.

— C'est souvent le cas, fit remarquer Schwarzy. Sauf pour les suicidés.

— Qu'est-ce qui te pose problème avec notre boulot actuel ? me demanda Marianne.

— Oui, intervint Schwarzy. Qu'est-ce qui te pose problème ? On est bien payés ; on bosse pas beaucoup ; on est logés, souvent nourris.

— Ce n'est pas un but en soi, rétorquai-je. Il faut s'épanouir, faire quelque chose d'utile.

— On fait arrêter des mafieux, des trafiquants d'armes, de drogue et d'enfants, des terroristes, des tortionnaires... Ça te paraît pas assez utile ?

— On prend des risques à la place de nos employeurs, fis-je remarquer sombrement.

— Hé ! La seule ici qui prend des risques, c'est moi, objecta Marianne. Vous, il peut rien vous arriver. Et s'il vous arrive quelque chose...

Elle claqua des doigts.

— Vous réapparaissez dans un autre corps. Bon, même s'il n'est pas toujours aux normes, ajouta-t-elle en me regardant.

Je ne répondis rien. Sur le fond, elle avait raison. Comme toujours. Je me tournai vers les vitres qui donnaient sur la rue. J'avais la désagréable sensation d'être observé. Marianne se méprit sur mon geste et crut que j'esquivais la conversation. Elle insista.

— Et puis prendre des risques, ça arrive tous les jours dans une vie normale sans DGSI : il suffit de traverser la rue.

Sans savoir pourquoi, je frissonnai.

CHAPITRE 10

INSTABILITE CORPORELLE

Le lendemain, un mardi, fut un jour de repos après notre mission de la veille, dont nous ignorions encore s'il s'agissait d'un succès ou d'un échec.

Je partis déambuler dans les rues. Inconsciemment, mes pas m'amenèrent devant l'école primaire que fréquentait Antoine, qui avait temporairement été mon petit-fils. Une grille servant d'issue de secours donnait sur la cour de récréation où se défoulaient les bambins. En ces temps où on barricadait les écoles, cette grille semblait maintenir le seul lien entre deux mondes.

Je m'approchai et repérai Antoine au milieu des autres enfants. Certains d'entre eux m'aperçurent et avertirent leurs camarades de la nouvelle, comme s'il y avait un dirigeable dans le ciel, le museau d'un crocodile sortant d'une bouche d'égout ou le Père Noël en plein mois de juillet.

— Un nain ! Y'a un nain !

La plupart me contemplèrent, fascinés. Une institutrice vint leur rappeler que les personnes de taille réduite n'étaient pas des animaux de foire. Elle les enguirlanda autant que s'ils avaient égorgé un poulet noir pour un sabbat diabolique. Haussant les épaules, ils retournèrent à leurs jeux, à l'exception d'Antoine qui s'approcha. Nous étions quasiment de la même taille.

— Bonjour, fit-il simplement.

— Bonjour.

Il fronça les sourcils. Je ne sus jamais ce qui lui mit la puce à l'oreille :

— C'est toi qui étais dans ma mamie ?

Je hochai la tête.

— La police nous l'a ramenée. C'est toi qui lui as fait ça ?

Je secouai la tête.

— Je n'y suis pour rien. Vraiment. Je suis désolé.

Une larme pointa au coin de son œil.

— On l'a enterrée.

— Ah.

La conversation était désespérément pauvre, mais elle me faisait du bien. L'institutrice de tout à l'heure y mit fin en intervenant à nouveau.

— Antoine ! Qu'est-ce que tu fais ? Ne reste pas à côté de la grille !

— Tu reviendras ?

— Oui, m'entendis-je lui répondre sans savoir pourquoi.

— Chouette !

Il repartit en courant, alors que la sonnerie de fin de récréation se déclenchait.

*

*   *

Ce matin-là, je continuai à errer dans les rues de Levallois, sans énergie et l'esprit vide. Je ne savais pas pourquoi j'étais allé voir Antoine.

Je ne m'arrêtai que pour prendre à manger dans une de ces boutiques qui promettent des ingrédients uniquement naturels et une nutrition donnant la priorité à la santé, au bonheur et à la paix dans le monde. Moi, j'avais seulement eu l'impression d'acheter un sandwich et une bouteille d'eau. En plastique qui plus est.

*

*   *

Je rentrai tôt. L'appartement était vide. Marianne était probablement avec un de ses anciens clients. Elle n'avait jamais eu autant de rendez-vous que depuis qu'elle n'exerçait plus. Quant à Schwarzy, il devait être allé au MacDo, après une séance de cinéma. Il ne tarderait plus.

Je mis de la musique. Encore la chanson qui portait sur les multiples vies imaginées. Cela finissait en apologie du pirate, existence idéalisée de liberté et de fureur.

Billarista a tres bandas, insumiso en el Cielo,
Dueño de un cabaret,
Arañazo en tu espalda, tenor en Rigoletto,
Pianista de un burdel,
Bongosero en La Habana, Casanova en Venecia,
Anciano en Shangri-La,
Polizón en tu cama, vocalista de orquesta,

107

À la différence de la chanson, je me limitais à la région parisienne et il existait encore de nombreuses vies que je n'avais pas vécues, malgré mes sauts de puce corporels.

On toqua à la porte. Schwarzy oubliait régulièrement ses clefs. Je me rendis compte que le judas se trouvait pour moi à une hauteur de séquoia. Il faudrait que je pense à placer un tabouret dans l'entrée.

Aussitôt que je tournai la poignée et que j'entrouvris la porte, celle-ci me percuta violemment et me projeta trois mètres plus loin. L'arcade sourcilière fendue, je relevai la tête pour voir à travers un voile de sang mon précédent assassin – le grand blond avec des lunettes débiles – qui se tenait dans l'encadrement. Il fit un pas, referma la porte d'un coup de talon et dégaina son pistolet semi-automatique d'un étui sous l'aisselle.

Je me relevai péniblement et me dandinai vers le salon. Je ne voyais pas très bien à quoi servait cette course éperdue, mais comme avec mon mètre vingt je ne m'imaginais pas non plus me battre à mains nues contre un géant avec une arme à feu, autant m'enfuir.

Cela ne dura pas longtemps : il me rattrapa avant que j'aie atteint le couloir des chambres et de tout son poids m'envoya danser contre la sculpture en forme d'oursin métallique. Sous l'impact, le fragile équilibre se rompit et les tiges se dispersèrent. L'une d'elles se ficha dans mon épaule lors du choc. La douleur me paralysa le bras gauche. Le temps que je la retire d'un coup sec avec l'autre main, mon assaillant se tenait au-dessus de moi, l'étrange boîtier dans une main et son pistolet clairement braqué sur ma tête.

S'il était aussi méthodique que la dernière fois, je n'allais pas tarder à changer de corps. Finalement, Favreau n'aurait pas à s'en faire. Je commençai déjà à me demander dans quelle enveloppe j'atterrirais. La menace de ma mort prochaine passa au second plan, à tel point que, perdu dans mes pensées, je ne m'aperçus pas immédiatement que le géant me parlait.

— Hein ?

L'autre crut que je me moquais de lui. Il s'agenouilla à côté de moi et me fourra le canon de son arme dans la bouche.

— Je vais devoir le répéter combien de fois ? Il est où ? Parle !

— 'Ohan 'eu'u gueu 'eu 'arle a'eg un 'ingue 'an 'a 'ousse ? 'O-a !

Il retira le canon et demanda :

— Tu as dit quoi ?

— J'ai dit : « comment veux-tu que je parle avec un flingue dans la bouche ? » Et j'ai ajouté : « connard ! ».

Il me fixa un instant, puis abattit la crosse de son arme sur mon visage. Le sang coula de mon nez, à la cloison détruite. Il inonda ma bouche et je postillonnai des gouttelettes roses.

Il avait frappé froidement, sans colère, professionnellement. Je n'étais pour lui rien d'autre que ce qu'était une boîte de petits pois pour une caissière de supermarché. J'avais eu raison de le traiter de connard. J'aurais pu ajouter trouduc, sac-à-merde et tête de nœud et j'aurais encore été en-dessous de ce qu'il méritait.

— Où il est ? Tu as fait quoi de lui ?

Je ne savais même pas s'il parlait d'un objet, d'une personne ou d'un animal. Alors, quant à savoir où je l'avais mis…

Je n'eus pas le temps de lui cracher une remarque ironique au visage. Des bruits de clefs qu'on tourne et de porte qui s'ouvre nous parvinrent de l'entrée, ainsi qu'un sifflement joyeux : Schwarzy était de retour.

Bien que surpris, le blondinet ne perdit pas ses réflexes de tueur professionnel. Tandis qu'il changeait de genou d'appui pour se tourner vers l'entrée, il me plaqua une main sur la bouche pour me faire taire.

Mais au lieu de crier inutilement, je saisis une des tiges de l'oursin. Le bruit métallique provoqua une nouvelle rotation du géant pour me surveiller, pendant qu'il gardait son arme pointée sur le côté opposé du salon. Les pas lourds de Schwarzy firent crisser le parquet du couloir.

La torsion que le tueur avait imprimée à son buste pour me faire face me facilita la tâche : j'enfonçai à deux mains la lance improvisée dans le ventre du blondinet. Me râpant le torse avec l'autre extrémité, je la tins verticalement, tandis qu'elle transperçait la peau, déchirait l'intestin, ravageait le foie et atteignait le poumon droit.

La seule réaction de mon agresseur – enfin, de celui qui jusqu'à cet instant-ci était mon agresseur – fut un haussement de sourcils, marquant son étonnement.

Le temps parut comme suspendu. Puis la main qui tenait l'arme, toujours pointée vers le salon, s'affaissa et le pistolet tomba au sol. Le sang s'écoula le long de mon épée improvisée, empoissant mes mains. Devenu inerte, le corps du géant appuya sur la tige, qui devait être coincée dans une quelconque vertèbre. Comme le métal était devenu glissant, mes mains ne purent empêcher cette poussée vers le bas et l'extrémité inférieure de la tige commença à peser sur mon torse. Quand elle perça ma chair, une douleur fulgurante se propagea jusqu'à mes orteils.

Considérant mes mains poisseuses, le poids de mon agresseur et le cheminement inexorable du métal à travers mes tissus, je ne voyais pas comment m'en sortir. Un intense sentiment d'impuissance m'envahit.

Dans le couloir de l'entrée, les pas lourds de Schwarzy résonnèrent sur le parquet. À l'instant où ils débouchaient dans le salon, la tige me transperça le cœur. J'accueillis avec fatalisme cette nouvelle mort. Une de plus. Je surclassais le chat et ses sept vies.

*
*   *

Quelqu'un me maintenait debout, alors que mes jambes ne me supportaient plus. Il ne s'agissait pas d'altruisme : un poing heurta ma mâchoire et me fit perdre une dent. Il fut suivi d'un coup de tête qui me fracassa le nez. Je tombai à la renverse.

Sur le sol, je me rendis compte que la douleur au visage n'était rien en comparaison de celle qui irradiait de mes entrailles. J'essayais de me relever mais mes muscles abdominaux ne répondirent pas. Et de toute façon, une silhouette massive s'abattit sur moi, m'empêchant de bouger et m'accablant de coups. Je parai comme je pus, me protégeant le visage avec mes avant-bras.

— Pourquoi tu nous fous pas la paix ? T'es qui ? Tu nous veux quoi ? Tu crois que tu peux venir nous buter chez nous comme ça quand ça te chante ?

Je reconnus la voix.

— Tu te crois invincible ? Mais tu te trompes : je vais te bouffer !

Je reconnus l'expression, aussi.

— Schwarzy ! Schwarzy ! Arrête ! C'est moi.

La pluie de coups stoppa, mais à la place, une énorme paluche vint serrer ma gorge avec rage.

— Comment tu connais mon nom ? Tu travailles pour qui ?

— C'est moi : Aristote, soufflai-je. Les escort-girls vous escortent rarement dans une Ford Escort.

— Aristote ? C'est toi ?

— Oui ! Ça fait des plombes que je te le dis, bordel ! Ma parole, t'es bouché !

— Aristote !

Il se jeta sur moi et m'étreignit aussi fort qu'un camé en manque serrant son sachet d'héroïne. Sous la pression, la douleur dans mon ventre se répandit à travers mon corps. Du sang éclaboussa la moquette. Schwarzy me comprimait la poitrine et je crus que mon cœur allait lâcher me propulsant à nouveau dans une autre enveloppe.

*
*   *

Une heure plus tard, notre salon s'était transformé en une annexe de la DGSI. En plus confortable, naturellement.

La quinzaine de policiers de la Brigade des Phénomènes Inexpliqués s'était répartie en petits groupes traitant chacun un aspect différent de la situation. Ils étaient arrivés par grappes de deux ou trois pour ne pas éveiller la curiosité des voisins qui ne seraient pas au travail en ce milieu de mardi après-midi.

Il y en avait même eu un qui avait ramené un bouquet de fleurs et un autre des chocolats, pour faire encore plus crédible.

Moi, je trouvais qu'avec leur blouson de cuir et leurs yeux inquisiteurs, ils auraient pu dévaliser tous les fleuristes et les pâtisseries du quartier, cela ne les aurait pas rendus plus discrets.

Je m'étais réfugié dans le coin cuisine avec Schwarzy et Marianne. Cette dernière était arrivée il y a peu. Son sourire de contentement s'était évaporé dès l'entrée dans l'appartement.

Contrairement à ce que je pensais, il n'y avait aucun membre de la police scientifique. Personne ne s'était mis à relever des empreintes, à part les miennes. Il n'y aurait pas d'autopsie, pas même d'ambulance. Un des flics m'avait expliqué d'un air distrait ce qui allait se passer.

Mon enveloppe de nain allait être placée dans un grand sac, comme ceux qu'utilisent les plongeurs pour leur matériel, et descendue dans le coffre d'une voiture garée dans le parking souterrain. Elle serait abandonnée cette nuit dans un quartier isolé et « découverte » le lendemain matin. Un scénario serait élaboré pour faire croire à un vol avec agression. Il fallait éliminer tout lien avec nous et la BPI. La veuve ne connaîtrait jamais la vérité et l'affaire ne serait jamais élucidée.

— Et vous trouvez ça normal ? n'avais-je pu m'empêcher de demander.

— Non, avait répondu mon interlocuteur.

J'avais cru un moment que sa conscience se rappelait à lui, avant qu'il continue :

— Les autres départements de la police se plaignent parce que ça revient à leur refourguer des affaires qui de fait ne seront jamais résolues. Ça plombe leur taux d'élucidation. Ça la fout mal.

— Bien sûr.

— D'autant plus qu'avec l'histoire de l'intrusion la semaine dernière, on a dû faire croire à une attaque terroriste fantôme. La direction anti-terroriste nous en veut à mort.

— Je comprends, mentis-je.

— Mais on va changer ça.

— Ah, fis-je avec espoir.

— Pour les prochains macchabés, on fera en sorte de trouver un coupable idéal et comme ça l'affaire comptera dans les statistiques.

— Un coupable idéal ?

— Oui, un gars qu'on sait criminel, mais qu'on n'a jamais réussi à coincer. D'une pierre deux coups !

Je retournai à ma tasse de café. J'en avais pris une par habitude, mais n'y avais pas trempé les lèvres. La moitié de mon ventre était encore en mode « impression 3D en cours », et je craignais que ma gorgée de café passe par un trou et atterrisse sur mes chaussures

Bébel nous rejoignit, alors qu'on remplissait le fameux sac et que deux gars le convoyaient.

— Ces derniers temps, vous ne conservez pas vos corps longtemps, constata-t-il. Vous êtes pire qu'un gamin du 9-3 essayant de garder un boulot plus d'une semaine.

— Ça ne doit pas vous traumatiser : le plan de Favreau s'accomplit sans que vous ayez eu à vous salir les mains.

— Vous avez raison ! fit-il avec entrain. Il faut toujours voir le côté positif des choses.

Il se servit un café.

— Bon, tout ça ne nous éclaire pas beaucoup.

Dès son arrivée sur les lieux, j'avais dû tout lui narrer dans les moindres détails.

— Nous avons fait des recherches sur l'ancien occupant de votre corps. C'était un citoyen néerlandais, dénommé Piet

Ruyter. Aristote, tu es sûr que tu ne l'as pas croisé lors de l'escapade à Amsterdam ?

— Certain.

— On n'a pas encore de détails, mais apparemment il serait fiché. Favreau, qui est d'origine hollandaise et parle la langue sera leur interlocuteur.

— Ma famille est d'Utrecht, patron. Des Pays-Bas, mais pas de Hollande, crut nécessaire de rectifier l'intéressé.

— C'est pareil : des types qui parlent comme s'ils avaient une scie à la place du larynx et bouffent des rollmops.

Favreau ne chercha pas à argumenter contre son chef. Je l'observai : avec son teint mat et ses petits yeux noirs, il ne ressemblait pas à l'idée qu'on se faisait d'un Néerlandais. Plutôt d'un Provençal.

— Du coup, c'est quoi la suite ?

— Mes gars vont enquêter avec les Stups pour démêler ce micmac. Et je vais filer ça à la scientifique pour qu'ils voient ce qu'ils peuvent en tirer.

Il tenait dans sa main le boîtier électronique que j'avais vu plusieurs fois mon agresseur utiliser.

— Et nous ?

— Vous ? Vous savez ce que j'ai toujours apprécié chez vous ? Votre capacité d'adaptation, déclara-t-il avec un sourire équivoque. Et votre sens du sacrifice.

Nous le regardâmes avec méfiance. Et nous eûmes raison de le faire.

*

*　　*

Le sacrifice consista en un déménagement immédiat. Notre appartement n'était plus sûr. Quand Bébel nous l'annonça, mes colocataires me jetèrent un regard de basilic, comme si – une fois de plus – tout était ma faute.

Nous enfournâmes quelques affaires indispensables dans des sacs de voyage, puis nous descendîmes dans le parking rejoindre une voiture de la DGSI. En mettant mon sac dans le coffre, j'espérai que ce n'était pas le même qui avait servi à convoyer mon corps précédent. Voyager dans un corbillard clandestin ne m'enthousiasmait guère.

Le conducteur nous fit faire de nombreux détours dans Paris et les Hauts-de-Seine, pour finalement atterrir à Gennevilliers, dans un immeuble vétuste près d'une zone industrielle et dans un appartement exigu et vieillot. Ce qui me valut un second regard de basilic. Une paire de policiers occupait le logement contigu, sur le même palier.

Ce n'était plus le même train de vie et mes camarades d'infortune m'en voulaient ouvertement. Si la colère de Schwarzy passa dès qu'il s'installa devant la télévision et un épisode de Dragon Ball Z, je dus supporter la mauvaise humeur de Marianne tout au long de la soirée, pendant que mon abdomen finissait ses ultimes retouches.

Le lendemain, tôt le matin, Bébel nous appela sur un portable sécurisé.

— J'ai une excellente nouvelle ! nous annonça-t-il.

CHAPITRE 11

ESCAPADE BUCOLIQUE

L'air vif me saisit en descendant de la camionnette. Le froid était plus intense ici qu'en Petite Couronne. Je me trouvais à Dourdan. Dourdan. Je n'en avais jamais entendu parler avant. Quant à situer l'endroit sur une carte…

Je n'avais pas été surpris que la « bonne nouvelle » pour laquelle Bébel avait appelé se soit révélée une mission de plus. En revanche, je l'avais été d'apprendre qu'elle consistait à revenir sur l'affaire des Miguelín. Je pensais que la mort de mes deux enveloppes corporelles précédentes nous en avait définitivement exclus. Mais l'obtention de mon nouveau corps devenait une aubaine : la possibilité d'introduire une taupe directement dans l'antre.

La camionnette avait stoppé à la sortie de la ville. Dans une de ces zones qui ne sont plus tout à fait urbaines, mais qui ne sont pas encore rurales. Ici, compte tenu des 10 000 habitants à peine de la commune, la transition était rapide. Les bosquets et les champs dominaient déjà, cernant les constructions qui se raréfiaient. L'odeur de terre humide, de feuilles en décomposition et d'herbe mouillée saturait l'air.

Je m'approchai de la voiture qui m'attendait. Un des policiers de la Brigade – en blouson de cuir évidemment – me tendit les clés. Je m'installai et regardai la camionnette s'éloigner.

— *Aigle, de dragon, pour contact.*

— *Suis là*, marmonnai-je.

La journée précédente avait été consacrée aux préparatifs. Surtout ceux me concernant. On avait commencé par me bourrer de molécules accélérant encore mes capacités de régénération pourtant exceptionnelles. Mon abdomen, transpercé de l'intestin jusqu'au poumon en passant par le foie, avait recouvré son intégrité. Je transportais aussi quelques seringues magiques dans mes poches, si jamais l'opération tournait au vinaigre. Ensuite, on m'avait réimplanté une interface de communication sous la peau au niveau de ma clavicule. J'étais de nouveau parfaitement opérationnel.

Je consultai ma montre, attendant l'heure définie. Enfin, 21h59 s'afficha. Avant même que je puisse réagir et démarrer, mon implant grésilla :

— *Aigle, de dragon, vous pouvez y aller.*

Ils pensaient peut-être que je ne savais pas lire une montre.

Je quittai mon emplacement, déjà de méchante humeur, et me dirigeai vers la campagne environnante. Moins d'un kilomètre plus loin, un haut mur s'éleva sur ma gauche, courant parallèlement à la route et indiquant la présence d'une vaste propriété de l'autre côté. Celle des Bissau-Guinéens. Ma cible.

Sur six cents mètres, la seule altération à la platitude de ce mur était une grille marquant l'entrée du domaine. Cinq malabars s'y tenaient, deux latinos, deux européens et un métis. Visiblement, la sécurité était partagée entre les trois parties concernées. On n'était jamais trop prudent même vis-à-vis de ses alliés de circonstance.

— *J'arrive*, murmurai-je.

Je quittai la route et m'arrêtai à un mètre de la grille. Le métis, représentant le propriétaire des lieux, s'approcha de ma portière. Un des latinos se mit à scruter la route et les alentours, tandis que les trois autres sbires entouraient mon véhicule. Tous portaient des renflements sous leur veste et tous ressemblaient tant par le physique que par l'humeur à des déménageurs bulgares à qui on aurait crevé les pneus. Si j'avais été un gars ordinaire cherchant son chemin, je serais reparti immédiatement en me jurant d'acheter une carte ou un GPS.

— Bonsoir, monsieur. Puis-je vous aider ? demanda le gars qui s'était approché.

Il fallait lui reconnaître une politesse exquise. Et suspecte. Quel vigile se montrerait aussi courtois sur une route de campagne au milieu de la nuit, s'il n'était pas certain d'avoir avec lui la puissance de feu d'une escadre ?

— Salut, c'est moi, Piet.

Je passai ma tête par la vitre baissée pour qu'un des présents reconnaisse ma trombine. Peine perdue.

— Je suis navré, monsieur : personne de ce nom n'est attendu ici.

Traduction : casse-toi avant qu'il t'arrive des bricoles, consistant notamment en amputations d'extrémités accompagnées de hurlements de souffrance.

— Je suis un peu en retard, mais j'ai rendez-vous ici, insistai-je avec une témérité qui frôlait l'instinct suicidaire.

Le métis jeta un regard à la ronde. Les autres secouèrent tous la tête. Il s'adressa à moi, d'une voix glaciale, cette fois.

— Je vous prie de partir, monsieur. C'est une propriété privée.

Au ton, je compris qu'il s'agissait du dernier avertissement. J'avais intérêt à ne pas les agacer davantage.

— Ah, désolé, alors. J'ai dû me tromper de maison. Ma femme était déjà bien occupée quand elle m'a appelé pour me donner l'adresse.

J'espérais que cette dernière précision leur ferait croire que je recherchais une partie fine organisée dans le coin. Pathétique. Je manœuvrai, en guettant le moindre geste révélant qu'ils avaient finalement décidé de me cribler de balles. Ils me laissèrent cependant retourner sur la route et m'éloigner sans faire de tir aux pigeons.

Pourquoi personne ne m'avait reconnu ? J'étais supposé occuper le corps d'un de leurs complices. En tous cas, cela n'arrangeait pas mes affaires.

— *Dragon, d'aigle, échec du plan A.*

Un instant passa. Ils consultaient Bébel et le chef des Stups qui co-dirigeaient l'opération.

— *Aigle, de dragon, passez au plan B.*

Je tournai au croisement suivant, toujours accompagné du mur de trois mètres qui ceinturait toute la propriété. Je trouvai un chemin de terre à l'écart et garai discrètement ma voiture. Le plan B était une idée de Bébel. Une idée à la con, d'après moi. Et uniquement destinée à épater le chef des Stups en lui montrant de quoi étaient capables les nouvelles recrues de la BPI. Puisqu'étrangement mon imposture n'avait pas fonctionné, l'infiltration aurait lieu de manière clandestine. Par effraction.

La veille, des gars avaient fait du repérage discret et identifié une longueur de mur franchissable à la faveur de l'obscurité, les caméras de surveillance se trouvant trop éloignées. Je pris mon élan et bondis. Mes mains agrippèrent sans difficulté le sommet du mur pourtant situé à trois mètres. Les fils barbelés qui le surmontaient et affichaient clairement le faible niveau d'hospitalité des propriétaires me lacérèrent les mains. Je serrai les dents.

D'un même mouvement, je tirai sur mes bras, balançai les jambes sur le côté et passai par-dessus, pour retomber dans l'herbe. Je scrutai mes mains blessées. Cinq secondes suffirent pour que les plaies se referment. Cinq autres pour que toute trace disparaisse, y compris les picotements. Les molécules dont la DGSI m'avait gavé se montraient efficaces. J'avais l'impression d'être un coureur cycliste sur le Tour de France.

— *Dragon, d'aigle. J'y suis.*

Je ne voyais objectivement pas comment le plan B pouvait être autre chose que débile. Après une tentative d'intrusion à la grille d'entrée, les trafiquants réunis pour affaires devaient déjà être en effervescence. À moins qu'ils aient une confiance en eux-mêmes inébranlable. Ou qu'ils soient à moitié demeurés. J'observai les alentours : tout semblait tranquille et le parc était désert. C'était miraculeux. Peut-être après tout s'agissait-il de demeurés à la confiance inébranlable.

Je me trouvais dans un bosquet qui longeait le mur d'enceinte de la propriété. Le feuillage s'était considérablement clairsemé en cette fin de mois de novembre, mais grâce aux conifères s'avérait suffisant pour dissimuler ma progression.

J'arrivai en lisière et m'accroupis pour étudier la situation. La maison, un grand manoir bourgeois du début du XXe siècle, était entourée d'une large pelouse qui rendait impossible toute approche à couvert. En tous cas, sans se faire immédiatement repérer par les sbires disposés autour du bâtiment. D'où je me trouvais, j'en comptai quatre, circulant sur la grande terrasse devant les portes-fenêtres éclairées. Il y en avait sans doute plus.

Sur la gauche, je remarquai qu'à une centaine de mètres les arbres se rapprochaient davantage de la bâtisse. Je contournai la pelouse, en me maintenant prudemment sous le couvert des branches, jusqu'à arriver à l'endroit identifié. En face de moi, une volée de marches, menant à une terrasse plus petite, se trouvait à environ quinze mètres. Un garde solitaire s'y ennuyait, faisant les cent pas et tapant dans ses mains gantées pour se réchauffer.

Avec mes capacités physiques, je pouvais espérer traverser suffisamment vite pour ne pas être vu, aidé par le temps nuageux qui cachait la clarté de la lune. À condition que la sentinelle solitaire me tourne le dos et que ses collègues sur l'autre terrasse ne fassent pas attention. J'avais quand même l'impression de constamment jouer ma vie à pile ou face. Enfin, ma vie ne risquait pas grand-chose. C'était plutôt une enveloppe corporelle occupée indûment que je pariais à chaque fois. Ce qui était moins grave. Pour moi.

J'attendis. De temps à autre, la Brigade me contactait pour savoir où j'en étais. Je ne daignais pas répondre. Le moment propice se présenta enfin. Je jaillis de mon sous-bois, franchis l'espace découvert en deux bonds, atterris sur la terrasse en un seul et me jetai sur le garde qui n'en était encore qu'à se retourner.

Mon coup de tête l'assomma proprement. Je le retins avant qu'il ne s'écroulât avec fracas et le traînai jusqu'au mur. Jusqu'à présent, je n'avais pas vu les sentinelles circuler d'une terrasse à l'autre. J'espérais que cela continue ainsi.

— *Dragon, d'aigle. En position, murmurai-je.*

— *Reçu, de dragon.*

Je risquai un œil à une des fenêtres. Maintenant arrivait l'instant crucial, sur lequel reposait tout entier le plan B. Au départ, les Stups auraient voulu infiltrer un des deux réseaux parisiens qui étaient venus au rendez-vous. Mais toutes leurs tentatives, y compris la mienne, la dernière en date, avaient échouées. En désespoir de cause, les flics pouvaient espérer faire main basse sur des documents précieux qui ajoutés à ceux aspirés dans l'ordinateur de l'ambassade de Guinée-Bissau permettraient de démanteler toute une organisation.

Dans le salon qui s'étendait sous mes yeux, la décoration était moderne. Un peu tape-à-l'œil. Une douzaine de personnes s'y concentrait. Autour d'une grande table qui ressemblait à celles utilisées dans les salles de conférence des grands hôtels, se trouvaient huit personnes, représentant les deux réseaux parisiens, les Bissau-Guinéens – je reconnus Gustavo – et les Miguelín. Les quatre autres, en retrait et s'épiant les uns les autres comme des serpents affamés autour de la dernière souris disponible, étaient clairement des gardes du corps.

À la table, les participants à ce colloque nocturne étudiaient et s'échangeaient des documents. Bingo ! Finalement, un des Miguelín rangea les documents dans une valise sécurisée. Deux autres de ces valises, probablement remplies de drogue, à titre d'acompte ou d'échantillon, partirent en sens inverse.

Elles glissèrent jusqu'aux jeunots qui dirigeaient les deux réseaux parisiens et qui ambitionnaient de jouer dans la cour des grands. L'âge, l'attitude, les vêtements même, tout différait d'avec leurs aînés. De la pauvre racaille affrontant les ténors du secteur. Cela ressemblait à un match de premier tour à Roland-Garros entre une tête de série exilée en Suisse et un gars issu des qualifications. Les Miguelín traitaient avec des milliers comme eux chaque mois.

Mes réflexions sur le monde criminel international furent interrompues par un bruit en provenance du bosquet. Indubitablement, une branche venait de craquer, mais impossible de voir quoi que ce soit d'où j'étais. J'espérais seulement qu'un garde n'avait pas patrouillé le long du mur, avant d'arriver dans mon dos.

Je plissais inutilement les yeux tel un myope faisant du voyeurisme et tendis l'oreille, mais ne détectai rien à part les raclements des chaussures des sentinelles sur l'autre terrasse. Il fallait que je me presse.

Je ramenai mon attention sur le salon à la seconde où un cinquième garde du corps apportait un plateau avec des coupes de champagne. L'affaire était conclue. La racaille, les yeux brillant d'excitation, riait nerveusement et se félicitait comme s'ils venaient d'acheter leur première voiture.

— *Dragon, d'aigle. C'est bon ; vous pouvez y aller.*

Je n'eus pas à patienter longtemps : les Stups piaffaient d'impatience depuis deux jours. Les malfrats avaient à peine trempé leurs lèvres dans le champagne offert, que j'entendais déjà les rugissements des moteurs sur la route, puis les crissements du côté de la grille d'entrée. Ils ne s'étaient pas donné la peine d'enclencher les sirènes.

Une des sentinelles postées là-bas eut le temps d'avertir ses chefs de l'irruption policière, car dans le salon, la frénésie s'empara des présents comme dans une ruche voyant arriver des frelons asiatiques. Ceux qui étaient assis se levèrent, ceux qui avaient une coupe dans les mains la lâchèrent et tous sortirent leur arme. Certains en sortirent deux, pour faire bonne mesure. J'avais l'impression de me trouver sur la ligne de cessez-le-feu entre les deux Corées.

Le premier qui aurait appuyé sur la détente aurait déclenché une averse de métal en tous sens. Prudemment, je me reculai : je n'avais aucune envie de me prendre une balle perdue en plein cœur et ensuite de sauter d'un corps de criminel à un autre au fur et à mesure de la fusillade. Le temps parut s'immobiliser, jusqu'à ce qu'une des voitures de police fasse finalement hurler sa sirène. Elle eut le même effet sur les narcotrafiquants que la sonnerie de fin de cours sur une classe de lycée. Puisque l'interruption était due à la police et pas à un coup fourré d'une des parties en présence, à quoi bon perdre du temps à se tirer dessus au lieu de s'enfuir.

Un flot impétueux se jeta sur les portes-fenêtres, jaillit sur la terrasse, emporta les sentinelles qui se joignirent spontanément au mouvement et se ramifia dans toutes les directions. Certains se ruèrent sur les voitures garées sur le gravier. Inutilement : la seule sortie carrossable était la grille d'entrée où se massaient les gyrophares. D'autres s'égayèrent vers les arbres. En vain également : même en admettant que les narcotrafiquants parviennent à franchir le mur d'enceinte, d'autres policiers restaient postés à l'extérieur pour les cueillir. La forteresse s'était muée en souricière.

Un malfrat esseulé passa l'angle de la maison et arriva dans ma direction. Il ne me vit pas, trop occupé à vérifier que personne ne le suivait. Je percutai du plat de la main sa poitrine. Ses jambes s'agitèrent dans le vide, tandis que son corps basculait au sol. Je le saisis au col et le relevai suffisamment pour lui assener un coup de poing qui le laissa inconscient.

Je reportai mon regard sur le salon, désormais vide à l'exception de Gustavo, le représentant de l'ambassade de Guinée-Bissau, et d'un latino bedonnant issu sans conteste de la famille Miguelín. Il s'agissait justement de celui qui regroupait auparavant les documents. Il tenait toujours sa mallette sécurisée et se faisait indiquer le chemin par Gustavo, qui l'entraîna à sa suite dans les escaliers vers l'étage. Le Bissau-Guinéen ne risquait pas grand-chose : il allait bénéficier de l'immunité diplomatique et serait simplement expulsé vers son pays. Sa plus grande perte serait pécuniaire.

Je n'avais pas de temps à perdre : c'était cet instant précis qui justifiait ma présence anticipée. Je me précipitai vers l'angle de la bâtisse, bondis sur la grande terrasse et m'engouffrait par les portes-fenêtres. À peine le seuil franchi, je fus accueilli par une rafale d'arme automatique, qui faillit m'emporter le bras droit tout entier. Pendant que je contemplais mon membre sanguinolent qui pendait mollement et exhalait une odeur de chair brûlée, s'éleva un ricanement qui rappelait l'hyène mais en version baryton. Au milieu du salon, se tenait un des hommes de main du clan Miguelín. Il était resté pour bloquer l'accès aux escaliers, le temps que son patron finisse ce pourquoi il était monté. Il réitéra son ricanement de méchant et ajouta :

— Crève, sale flic !

Je jugeai la remarque, dite avec un fort accent sud-américain, affligeante. Elle avait sans doute été glanée dans un pauvre guide intitulé « Vocabulaire indispensable à un narcotrafiquant à moitié dégénéré en voyage d'affaire en Europe ». Dégénéré ou pas, il pointa avec un sourire satisfait son pistolet-mitrailleur sur moi. Ce sourire s'effaça quand je me jetai sur lui. Du tranchant de ma main gauche, je frappai sa carotide, interrompant pendant un court laps de temps le flux sanguin. Je profitai de son hébétude momentanée pour faucher ses jambes d'un mouvement de balayage des miennes et le fit tomber à terre. Il me regarda avec effarement lever mon bras blessé redevenu valide en quelques secondes. Toujours les substances de la Brigade qui faisaient des miracles. Je l'abattis sur le visage du type, que je laissai derrière moi, inconscient sur le sol.

Je montai les escaliers quatre à quatre. À l'étage, des voix provenaient de la deuxième porte à droite, restée ouverte. Je m'approchai sans bruit. Il s'agissait d'un cabinet de travail, reconnaissable au bureau entouré d'armoires de rangement.

Toutefois, à cet instant, le seul élément qui m'intéressait réellement était la déchiqueteuse que Gustavo finissait de brancher. Le représentant des Miguelín, de son côté, avait déjà commencé à sortir les documents qu'il avait amenés. Dès qu'il s'aperçut de ma présence, il chercha à dégainer son arme en plongeant la main sous sa veste.

Je m'élançai, enserrai son avant-bras et d'une torsion lui brisai le poignet. Au hurlement qu'il lança, j'en conclus qu'il était davantage habitué à infliger la torture à ses ennemis, protégé par ses gardes du corps qu'à la ressentir lui-même dans sa chair. Un uppercut dans le foie le fit taire et s'écrouler à terre. Je saisis dans son étui le pistolet qu'il n'avait pas eu le temps d'attraper et me tournai vers Gustavo.

Je craignais de m'être imprudemment exposé à une attaque dans le dos, mais le diplomate s'était recroquevillé contre la déchiqueteuse, tremblant comme un parkinsonien et pensant échapper à la mort en se cachant la tête dans ses bras.

— T'es armé ?

Naturellement, il ne me reconnut pas. Je n'avais plus ni le même sexe, ni le même âge, ni la même couleur de peau.

— Non. Non, monsieur. Je ne suis jamais armé. S'il vous plaît…

Il commença à supplier de l'épargner. Je haussai les épaules et cessai de l'écouter. Je ramassai les feuilles étalées par terre et les rangeai dans la valise, que je pris avec moi. Je quittai la pièce et descendis les escaliers. J'avais atteint l'ensemble des objectifs assignés, en particulier la récupération des documents avant leur destruction. Pour une fois, je ressentais un intense sentiment de satisfaction et gardai pour plus tard ma rengaine habituelle d'extraterrestre-objet.

À l'extérieur, le coup de filet se poursuivait. Ce n'était que crissements de pneus, claquements de portière, ordres hurlés… Aux confins de la propriété, on entendait par intermittence le fracas d'une arme à feu.

Au rez-de-chaussée, en revanche, tout était vide, silencieux et sombre. Je fronçai les sourcils et m'arrêtai.

Sombre ?

Dans le sauve-qui-peut général, personne n'avait pris la peine d'éteindre les lumières. Moi-même n'avais pas touché aux interrupteurs après avoir assommé le sbire qui s'était interposé. D'ailleurs, où était-il, celui-là ? Je ne trouvai pas trace de lui là où je l'avais laissé. Je traversai le salon et dépassai la grande table ayant servi aux négociations. Je m'imaginais qu'il avait repris ses esprits et qu'il s'était éclipsé sans demander son reste, quand j'aperçus une silhouette sur le canapé.

En face de moi, à droite, collé contre les portes-fenêtres, avait été installé un coin télé, que fermait en effet un petit canapé en « L ». Je m'approchai de celui-ci, le contournai et me plantai devant l'individu qui s'y trouvait assis, prêt à l'assommer de nouveau.

Je compris alors qu'il allait y avoir un problème. Un gros.

CHAPITRE 12
À DEUX DOIGTS
DE LA RESURRECTION

Dans mon dos, par une porte-fenêtre ouverte, pénétrait un vent glacé qui apportait les bruits des interpellations et une odeur de champignons et d'humus provenant du bosquet.

Le corps de l'homme de main avait été posé sur le canapé qui me faisait face. Je me demandais comment il tenait en position assise, étant donné qu'il lui manquait tout l'abdomen. Il avait été éviscéré et tous ses organes reposaient maintenant en un tas informe à ses pieds. Peut-être conservait-il ses vertèbres et tenait-il grâce à elles. Je n'éprouvais aucune envie d'aller vérifier. Pour cela, il aurait fallu que je m'approche, et que je marche sur de la vésicule biliaire ou un morceau de foie.

Quel était le taré qui avait fait ça !

Je jugeais d'habitude assez sévèrement les policiers de la BPI, mais pas au point de transformer sans raison un narcotrafiquant en steak haché. Quant aux complices de l'individu, ils étaient bien trop occupés à tenter de s'enfuir pour perdre du temps à s'entretuer. Au demeurant, une balle dans la tête aurait suffi. Celui qui avait fait ça n'était pas humain.

Sous mes yeux, le torse du cadavre – qui tenait encore verticalement par je ne sais quel prodige – finit par obéir aux lois physiques de l'univers et bascula en avant jusqu'à ce que la tête se retrouve entre ses jambes.

Saisi d'un haut-le-cœur, je pivotai vers la porte-fenêtre pour happer une grande goulée d'air frais. Je me pétrifiai : une ombre se tenait sur le seuil de la porte-fenêtre. Je reculai prudemment d'un pas. Ma semelle gauche écrasa quelque chose de caoutchouteux qui émit un bruit désagréable de limace agonisante. Je préférai éviter de vérifier sur quel organe sectionné j'avais marché. À force de reculer, mes mollets vinrent buter contre le bord du canapé. J'étais coincé.

La silhouette en profita pour se jeter sur moi. Heureusement, son mouvement et son poids me projetèrent par-dessus le sofa. Aussitôt que je touchai le sol, j'opérai une culbute arrière et me relevai à temps pour esquiver un coup qui visait ma poitrine. Je reculai à nouveau d'un pas, cette fois sans marcher sur rien de bizarre.

Nous nous contemplâmes de part et d'autre du canapé. Mon sang se figea : c'était encore moi ! Non pas mon moi d'avant qui m'avait déjà tué, mais mon moi actuel. Comme s'il existait un clone de moi pour chaque nouvelle peau que je serais susceptible d'occuper.

Je n'eus pas l'occasion d'approfondir mes réflexions. Mon nouveau clone sauta par-dessus le canapé et m'attaqua une fois de plus. J'esquivai un coup de poing au visage, parai un autre en direction de mon ventre mais dus encaisser un coup de genou dans le flanc.

Il était rapide et puissant. Habituellement, c'était la description que les policiers faisaient de Schwarzy et moi, étant donné nos capacités physiques. Il me ressemblait donc sur tous les points. Ou presque.

Il me vint une idée.

Je continuai à bouger autour du salon, tout en évitant autant que possible les attaques, mais sans toujours y parvenir. Heureusement, après chaque coup, je sentais sous mes vêtements les hématomes se résorber et les fractures se réparer. Imperceptiblement, je me rapprochais du coin cheminée. Vu sa propreté impeccable et la présence de gros radiateurs partout dans la pièce, il ne servait que de décoration. Mais il était équipé de tout ce qu'il fallait.

Je me trouvais encore à deux mètres quand mon autre moi parvint à m'agripper le bras. Avant qu'il ne m'immobilise totalement, j'effectuai une rotation sur moi-même et me débarrassai de mon blouson qui lui resta entre les mains. Je bondis vers l'âtre et attrapai le tisonnier que je convoitais depuis cinq minutes.

L'autre me regarda comme si cela ne lui faisait ni chaud ni froid, ce qui était probablement le cas. Je feintai sur sa droite. Il se laissa berner et suivit le mouvement. Je ramenai mon bras, pivotai et plantai de toutes mes forces le tisonnier dans l'articulation de l'épaule gauche. Je dus aussitôt me retirer d'un bond pour échapper à un crochet de mon adversaire.

Je mis de la distance pour observer mon clone plus à mon aise. La moitié du tisonnier lui sortait de l'épaule, à la jointure du bras et de l'omoplate. Visiblement, cela ne le dérangeait pas, car il continuait à afficher son habituelle indifférence lasse. Il contempla le tisonnier, le saisit fortement de la main droite et l'arracha d'un coup brusque. Il se tourna ensuite vers moi, s'élança et l'abattit. Je n'eus que le temps de faire un pas de côté pour éviter le choc du métal. Je reculai précipitamment pour esquiver un nouveau coup circulaire. Je me penchai, récupérai sur le sol la valise sécurisée que j'avais lâchée lors de ma culbute par-dessus le canapé et parai une estocade dirigée vers mon ventre.

S'il ne semblait pas émotionnellement affecté par la blessure que je lui avais infligée, je remarquai qu'il n'utilisait plus son bras gauche. Mon coup l'avait donc bel et bien handicapé. Cela signifiait qu'il ne possédait pas ma capacité de régénération. Ses frappes n'en étaient pas moins puissantes et redoutables.

Je sautai derrière un fauteuil pour échapper à un nouvel assaut. Il fallait que je parvienne à le blesser plusieurs autres fois pour qu'il ne représente plus une menace.

À nouveau, je me mis à danser autour de la pièce en espérant me rapprocher du coin cheminée et mettre la main sur une deuxième arme improvisée. Je n'en eus cependant pas le temps. Je venais d'esquiver un énième coup, quand mon adversaire en profita pour me crocher la jambe en utilisant le tisonnier. Je chus lourdement, lâchant une nouvelle fois la valise.

Avant que je n'aie le temps de me relever, il s'était mis à califourchon au-dessus de moi et avait plaqué le tisonnier contre ma gorge, pesant de tout son poids. Je tentais de repousser de toutes mes forces et de mes deux mains la barre de métal. Le visage de mon clone se trouvait juste au-dessus de moi, parfaitement identique à moi, à l'exception de cet air ennuyé et absent. On aurait dit un prix Nobel de littérature lisant les rédactions d'élèves de primaire.

Regard bovin ou pas, son tisonnier commençait à écraser ma trachée artère. Un premier craquement se fit entendre, accompagné d'une souffrance aiguë qui provoqua chez moi une onde de panique. Mon asphyxie allait être longue et douloureuse. Ma régénération aussi. Mes jambes se mirent à trépigner, presque involontairement. Je poussai sur le tisonnier pour tâcher de me dégager.

Vainement. La pression inexorable du métal s'amplifia. Ma respiration devint sifflante, difficile. La terreur m'inonda. Je tâchai de crier. Un borborygme sortit. À peine un murmure. Je continuai à hurler silencieusement. Mes poumons s'efforçaient de franchir l'obstacle de ma trachée comprimée. Ma bouche s'arrondit, comme je puisais au plus profond de moi.

Le tisonnier suspendit son mouvement descendant. Mon jumeau jouait au tortionnaire, en faisant durer le plaisir. Dans ma gorge, enflait le cri muet de l'agonie, même si je me savais immortel. Ou pas ? Le doute s'installa, décuplant l'énergie de mes poumons qui échouaient toujours à expulser l'air qu'ils contenaient.

Tout en maintenant la barre métallique, le visage de mon bourreau se tordit en un rictus, premier témoignage d'un semblant d'émotion depuis qu'il avait décidé que je devais être rayé de la liste des êtres vivants. Il rejeta la tête en arrière, ouvrit la bouche et ferma les yeux, probablement extatique à l'idée de ma lente agonie. Il y a des gens aux goûts bizarres.

Quoi qu'il en soit, sa béatitude ne dura guère : une détonation retentit et le crâne de mon clone explosa comme un melon. Mais en moins goûteux et rafraîchissant. Son corps bascula et je pus enfin le repousser et jeter au loin ce maudit tisonnier. Les lourdes chaussures de Bébel s'arrêtèrent près de ma tête, pendant que je récupérais mon souffle. Son revolver fumait encore.

— Décidément ! Je passe mon temps à vous sauver la vie. Il faudrait penser à me payer une bière.

Je me mis péniblement en position assise, la respiration toujours sifflante. Bébel observait avec curiosité le cadavre de mon clone.

— Ça fait quand même bizarre de vous coller une balle en pleine tête et ensuite de continuer à discuter avec vous.

— Vous savez que ce n'est pas vraiment moi, articulai-je.

— Quand bien même. C'est encore plus fort que votre coup de la résurrection : vous êtes à la fois mort et vivant.

— Hum.

Philosopher en contemplant mon cadavre-qui-n'était-pas-le-mien ne déclenchait pas chez moi un enthousiasme débordant. Je me levai, encore un peu étourdi. Ce fut un juron de Bébel qui me signala un nouveau rebondissement. Je me retournai et suivit son regard jusqu'au corps allongé. Un corps qui se modifia sous nos yeux.

*
*   *

La Brigade était en liesse. L'opération de la veille avait été un franc succès. Les Stups allaient démanteler plusieurs réseaux de narcotrafiquants en un seul coup de filet et c'était grâce à la BPI. Les policiers avaient passé la matinée à se donner des tapes sur le dos, se félicitant mutuellement, comme des banquiers d'affaires après leur première OPA.

Quant aux scientifiques, leur vaste laboratoire ressemblait à une école primaire pendant une kermesse, les ballons de décoration en moins. Ils avaient trouvé un autre centre d'intérêt que Schwarzy et moi. Comme autant d'enfants attendant leur tour pour monter dans une attraction foraine, ils trépignaient, se bousculaient, s'interpellaient autour du cadavre de mon assaillant, qu'ils appelaient l'Anonyme.

Ce dernier ne me ressemblait plus. En fait, il ne ressemblait plus à personne. Sauf peut-être à un de ces mannequins de vitrine de prêt-à-porter aux formes à peine marquées, aux traits neutres et aux yeux inexpressifs. La balle en pleine tête y était

134

pour beaucoup, mais même ainsi il s'apparentait à une sorte de moule d'humain non encore achevé.

Dans la mort, ses vêtements avaient eux-mêmes disparus. Bébel et moi avions assisté la veille à la réabsorption de ce qui n'était que des excroissances et non des habits, aussi réalistes qu'ils soient. Ce qui expliquait qu'il se soit défendu quand Marianne avait tenté, lors de l'intrusion à la DGSI, de lui enlever ce qu'elle croyait être un bonnet de laine.

À mes côtés, Alexandre se montrait le plus excité, allant et venant, plaisantant avec tout le monde et surtout glanant des informations à chaque passage au milieu de la horde de blouses blanches. Il en oubliait même de fermer les yeux. De temps à autre, il agrippait mon bras et me soufflait, tout excité :

— Les autres ne vont pas y croire, quand je vais le leur dire.

Et il repartait. Je compris après plusieurs minutes de ce rituel que les « autres » étaient les autres ufologues de son réseau mondial. Après l'un de ses départs, Bébel prit sa place à côté de moi. Il observait le remue-ménage d'un œil amusé, une cigarette éteinte à la bouche.

— On dirait un gosse assistant à une distribution gratuite d'oursons à la guimauve, ricana-t-il. Ceux enrobés de chocolat. Les meilleurs.

Je saisis l'occasion pour lui poser une question qui me taraudait depuis la veille.

— Au fait, hier, quand vous êtes arrivé dans le salon et que vous avez descendu mon clone, comment vous saviez que c'était lui et pas moi ?

— Le flair, déclara-t-il avec un clin d'œil.

Je n'en croyais pas mes oreilles.

— Vous êtes en train de me dire qu'en fait, vous en avez choisi un au hasard ?

Il m'asséna son habituelle tape dans le dos.

— Pas de quoi vous scandaliser : je n'ai pas visé le cœur. Donc au pire, si je m'étais trompé, vous seriez reparti pour une journée de reconstruction crânienne. Une migraine tout au plus.

Il éclata d'un grand rire, qui me déplut fortement et regarda sa montre.

— Allez, on a du pain sur la planche. Favreau !

L'intéressé battit le rappel de certains de ses collègues qui n'en finissaient pas de s'envoyer des coups de poing dans l'épaule avec des ricanements satisfaits. Nous prîmes le chemin de la salle de réunion.

C'est incroyable à quel point le travail d'agent secret peut se résumer à participer pendant des heures à des réunions ennuyeuses. Si les films d'espionnage montraient cela plus souvent, nul doute que le métier ferait moins rêver. Nul doute aussi que ces films ne seraient même pas programmés dans les cinémas.

Sitôt assis, Favreau, qui était en contact avec les Néerlandais, commença :

— Bon. Nous en savons un peu plus sur Aristote.

— Comment ça sur moi ?

— Je veux parler du gars dont vous occupez le corps.

— Ah.

L'intéressé lança une présentation à l'écran. Je me fis la réflexion qu'un policier du contre-espionnage utilisait en définitive davantage Power Point que son arme.

— L'Anti-Gang nous a obtenu des informations supplémentaires sur Piet Ruyter. Il a longtemps traîné à Amsterdam où il a laissé un casier, mais plutôt réduit : menus larcins, petits trafics de cigarettes, de chaussures de sport… Il y a quelques mois, il a été localisé à Rotterdam, sur le territoire d'un gang de seconde zone implanté localement.

— Qu'est-ce qu'il y faisait ?

— Impossible de savoir en quoi consistaient ses fonctions exactes. En revanche, ce groupe est soudain devenu plus ambitieux. Il a éliminé plusieurs rivaux, étendu son territoire, investi d'autres pans de l'activité criminelle, comme le racket d'entreprises, le recel de marchandises contrefaites et surtout le trafic d'héroïne.

— Et comment la police hollandaise explique ce changement soudain ?

— Apparemment, ils se sont associés à un mentor a appuyé leur développement.

— Et quel est ce mentor ?

— Une triade chinoise qui aurait décidé de prendre le contrôle du marché hollandais et de s'allier à quelques petites frappes pour éliminer les gros concurrents.

A l'évocation de mafieux chinois sur le sol des Pays-Bas, mon cerveau s'en trouva titillé et un souvenir frappa obstinément à la porte de ma mémoire.

— Cela ne nous explique pas pourquoi ils se sont immiscés dans notre opération, fit remarquer Marianne. Ils lorgnent désormais le marché français ?

— C'est ce qui a été demandé à la police néerlandaise et a priori, il n'y a rien qui indique une diversification géographique. Et encore moins une soudaine irruption dans un trafic de cocaïne à grande échelle impliquant à la fois les cartels des Miguelín et la Guinée-Bissau.

— Bref, on n'est pas plus avancés, conclut Schwarzy.

Je finis par intervenir :

— Euh. Je crois que j'ai peut-être oublié de vous parler d'un truc, déclarai-je d'une petite voix.

Bébel fronça les sourcils. Favreau haussa les siens. Les yeux de Marianne s'étrécirent et Schwarzy arrêta de se balancer sur sa chaise. Je me mis nerveusement à pianoter de mes

doigts sur la table. Je sentais que j'allais encore me faire engueuler.

CHAPITRE 13

GROGNEMENTS

Onze jours plus tôt.

Je venais de désactiver la communication avec la BPI. Je sortis d'Amsterdam et pris l'autoroute en direction du sud. Plus les kilomètres défilaient, plus ma frustration croissait. J'en voulais au monde entier sans vraiment savoir pourquoi. Le type de sentiment qui partout dans le monde et à toutes les époques ne conduit qu'à des réactions stupides. En arrivant à la hauteur de Rotterdam, une sombre et froide colère m'habitait. J'optai pour désobéir et ne pas rentrer immédiatement. Je pris la bretelle de sortie et me perdis dans la banlieue portuaire de la ville. À force de détours, j'arrivai dans une rue où j'avisai l'enseigne d'un pub ouvert. Une bonne bière me ferait le plus grand bien. Je décidai de m'y arrêter.

Pas de nom : uniquement le mot « PUB » écrit en gros. Je haussai les épaules et poussai la porte. L'étonnement me saisit dès le seuil passé : un pub… chinois !? Le mobilier était en bois noir laqué ; des paravents aux motifs chinois faisaient office de cloisons pour délimiter les compartiments le long des murs ; des lampions rouges portant des idéogrammes éclairaient chichement la vingtaine de tables qui parsemaient la grande salle.

À mon entrée, le silence se fit et les regards convergèrent vers moi. Je fis semblant de ne pas les remarquer et me dirigeai posément jusqu'à une petite table encadrée par deux paravents. Je m'assis dos au mur, par réflexe. C'était le métier qui rentrait finalement. Les regards continuaient à peser sur moi, augmentant mon malaise. Ce n'était pas une question de couleur de peau. D'ailleurs, le serveur qui s'approcha de ma table n'avait absolument pas le type asiatique, mais faisait totalement néerlandais avec ses cheveux blonds et son teint rougeaud. Appliquant une étrange prudence, il n'ouvrit pas la bouche et m'interrogea seulement du regard en levant les sourcils. Ou alors il s'appelait Bernardo et était muet.

— Vous avez de la bière ? lui demandai-je en anglais.

— Évidemment, me répondit-il dans la même langue.

Il ne s'appelait pas Bernardo van Riijk. Et il considérait à juste titre que ma question était débile.

— Qu'est-ce que vous avez comme bières ?

— Uniquement de la Tsingtao.

Au moins, ils étaient cohérents avec leur décoration.

— À la pression ?

— Seulement en bouteille. 33 ou 50 centilitres ?

— Va pour 50 centilitres.

Il hocha la tête et repartit vers le comptoir.

Non, le problème n'était pas la couleur de peau. Il y avait parmi la quinzaine de personnes qui se trouvaient là une belle diversité ethnique, comme celle que recherchent les marques pour cautionner leurs spots publicitaires. Le problème était que j'étais un intrus. Pas un de ces intrus qui entrent par hasard dans un bar de quartier dans lequel les habitués boivent leur verre de rouge à 10 heures du matin en jouant au tiercé. Non. Plutôt un intrus qui n'a rien compris et est entré par erreur dans un pub qui sert de siège, de tanière et de paravent à une ramification locale de la pègre.

Le serveur revint avec un verre et une bouteille qu'il décapsula devant moi.

— 1 euro.

Une bouteille de bière d'importation de 50 centilitres à 1 euro seulement ? Ce pub ne pouvait pas être rentable. Il sentait le blanchiment d'argent à plein nez. Je payai sans montrer d'étonnement et sirotai ma bière directement à la bouteille. Progressivement, les conversations à voix basse reprirent, bien que tous les clients continuent à me scruter du coin de l'œil. Les observant moi aussi à la dérobée, je repérai plus d'une demi-douzaine de vestes ou blousons qui présentaient une renflure sous l'aisselle. Soit ces mecs avaient tous des problèmes cardiaques importants qui les obligeaient à se déplacer avec une batterie de secours pour leur pacemaker, soit la majorité des clients était armée.

C'était bien ma veine : sortir d'une opération coup-de-poing contre des caïds russes internationaux pour me retrouver dans l'antre de petites frappes locales où devaient se tenir les trafics de quartier, les négociations entre clans rivaux et les discussions avec les fournisseurs extérieurs.

Je me demandai s'ils me prenaient pour un nouveau-venu, un policier qui tentait de s'infiltrer ou un pauvre bougre arrivé là par hasard. J'espérai que cette dernière interprétation était privilégiée dans la tête des criminels qui m'entouraient. Dommage que parmi les talents de mon espèce ne figurait pas la télépathie. Dans tous les cas, ce n'était plus le moment de partir. Autant siroter tranquillement ma bière sans susciter davantage de questionnements. Et puis, j'étais invulnérable, non ?

Cette dernière pensée me ramena à ma mélancolie initiale. Depuis un an, nous enchaînions des missions identiques à celle de ce soir-là. Environ une par semaine. Pour n'importe quel travailleur, cela pouvait sembler une sinécure : un soir de travail par semaine et le reste à s'entraîner, se réunir, se préparer. Et encore : uniquement le matin. L'après-midi et la soirée libres. Un vrai rythme de footballeur. Payés, logés, bichonnés. Qui s'en serait plaint ?

D'ailleurs, il n'y avait que moi que ça dérangeait : Schwarzy et Marianne, eux, étaient ravis. Le premier s'était vendu sans états d'âme : en échange de dessins animés et de biscuits à volonté, il n'avait qu'à sauter sur des criminels endurcis et leur exploser la tête. Ce qu'il faisait avec un enthousiasme indéniable. Quant à la deuxième, devenir une Mata-Hari moderne devait avoir été son rêve de petite fille : séduire les pires types que portait la Terre pour ensuite les frapper entre les jambes avec une matraque électrique avant de les livrer à la police l'emportait dans un niveau de béatitude qui surclassait toutes les positions du Kâma-Sûtra. Une vraie vocation.

D'un geste du menton, je commandai une nouvelle bouteille, que j'entamai aussitôt.

Moi, je ne partageais pas la ferveur – vénale pour l'un, exaltée pour l'autre – de mes deux camarades. J'avais l'impression d'être un pantin entre les mains de notre employeur. Je n'aurais pas dû me montrer ingrat : la DGSI nous avait sauvés des griffes de la NSA, avait tenu ses promesses et nous traitait comme des rois. Nous ne cessions pas pour autant d'être ses instruments.

Entre-temps, j'avais commandé et fini une troisième Tsing-tao. Ma vessie me réclama une pause. Je me levai pour rejoindre les toilettes. D'un geste, le serveur redevenu silencieux m'indiqua le chemin : au fond à droite. Comme toutes les toilettes.

Le couloir qui y menait, avec son carrelage blanc, ses murs nus et sa lumière blafarde tranchait avec la décoration de la salle principale. Tout au bout, il donnait sur une arrière-cour, par laquelle parvenaient les éclats de voix d'une réunion agitée. Quant aux toilettes elles-mêmes, une odeur écœurante d'urine s'en dégageait. Visiblement, on ne peut pas à la fois réussir dans le trafic de drogue et bien viser la cuvette.

La porte de la seule cabine était fermée. Il ne me semblait pourtant pas avoir vu des clients se lever pour venir ici. Le manuel du bon agent secret commença à faire sonner des alarmes dans ma tête, d'autant que les urinoirs se trouvaient en face de la cabine, ce qui me forçait à tourner le dos à cette dernière.

J'hésitai, mais pas longtemps : ma vessie était proche d'exploser. Je me mis à uriner mal à l'aise, tournant constamment la tête derrière moi. Soudain, j'entendis des bruits en provenance de la cabine. Un craquement suivi d'un court grognement. Je me dépêchai de vider ma vessie aussi vite que je pouvais, c'est-à-dire trop lentement à mon goût. Derrière moi, les grondements s'amplifiaient. C'était à mi-chemin entre un rot interminable et une prière hindouiste.

Je finis enfin, remontai rapidement ma fermeture éclair et fis face à la porte. Les grognements n'avaient rien d'humain. Mais quel animal pouvait être enfermé dans les toilettes d'un bar de banlieue ? J'avais dû me tromper à propos des trafics qu'ils faisaient dans ce pub : peut-être s'étaient-ils diversifiés dans la contrebande d'espèces protégées ? Cela aurait expliqué la puanteur de l'endroit. J'aurais pu vérifier en m'accroupissant pour regarder sous la porte, mais étant donné la propreté douteuse du sol, je n'en éprouvai aucune envie. Et puis, invulnérable ou pas, je préférais éviter les ennuis. J'aurais déjà dû me trouver en Belgique.

Je me repliai vers le couloir, revins dans la salle et m'accoudai au comptoir pour reprendre momentanément mes esprits. À la table voisine, deux malfrats suspendirent leur conversation le temps de me détailler.

— 1 euro.

Je n'avais pas fait attention au serveur qui s'était approché de moi.

— Hein ?

— 1 euro, me répéta-t-il.

Fallait-il payer pour uriner dans ces chiottes cradingues où ils enfermaient des animaux exotiques ?

— Vous avez oublié de payer votre dernière bouteille de bière.

— Ah ! O.K.

Je lui lançai une pièce et me dirigeai vers la sortie, d'un pas légèrement trop rapide. J'avais l'impression d'entendre les grognements se rapprocher de la porte qui donnait sur le couloir des toilettes. La quinzaine de personnes présentes me suivirent du regard. Je me demandai si quelqu'un allait tenter quelque chose. Mais rien ne se passa et j'atteignis la sortie sans problème.

L'air froid me fit un bien fou. Ma voiture se trouvait toujours garée au même endroit et ses pneus paraissaient intacts. Je me dépêchai d'y monter et contrairement aux mauvais films, je n'eus pas besoin d'une demi-douzaine d'essais pour la démarrer. J'appuyai sur l'accélérateur et m'éloignai aussitôt.

Je ne pus m'empêcher de scruter le rétroviseur. Je sursautai ! Venue d'une ruelle parallèle, une silhouette se tenait sur le trottoir. Il faisait trop sombre pour que je la distingue parfaitement, mais elle me donna l'impression d'être familière.

Je me concentrai un instant sur ma conduite, pour redresser la voiture qui s'approchait dangereusement du trottoir et quand je relevai les yeux, j'étais désormais trop loin pour distinguer quoi que ce soit.

Je restai aux aguets, m'attendant à tout et n'importe quoi. Heureusement, rien ne se produisit et, une fois sur le réseau autoroutier qui allait me faire quitter les Pays-Bas et traverser la Belgique, je parvins à me rasséréner.

— Bordel ! C'était quoi tout ça ? me demandai-je à haute voix, seul dans l'habitacle. Rien, c'était rien. Un délire personnel, une incursion dans la Quatrième Dimension. Rien. C'est fini ; c'est passé.

J'aurais simplement dû suivre le manuel et partir directement après la mission. Ça m'apprendrait. En plus, j'étais sûr de me faire engueuler le lendemain. Comme un gamin.

CHAPITRE 14

DISCUSSIONS DANS UNE VOITURE

Quand j'eus fini de raconter ma fin de soirée sino-batave, je fis un tour d'horizon des personnes présentes. Et le regrettai aussitôt.

Marianne me regardait comme si j'étais un débile mental. Ce qui ne changeait guère de l'ordinaire. Sur le visage crispé de Bébel, je déchiffrai alternativement de la violence contenue et de la pitié fataliste. Un peu comme face à un chiot qui viendrait de déposer sa crotte sur un beau manteau hors de prix. Mais là encore, j'y étais accoutumé.

Ce qui m'inquiéta davantage furent les têtes que faisaient Schwarzy et Favreau. Ils étaient en général les plus tolérants et patients avec moi. Leur visage fermé n'était donc pas bon signe.

Bébel se racla la gorge avant de déclarer :

— Si je comprends bien que ce que vous venez de nous raconter, vous nous dites que non seulement vous avez désactivé les communications – ce qu'on savait déjà – mais vous n'avez pas respecté non plus les consignes qui vous demandaient de rentrer immédiatement ; vous êtes allé à Rotterdam où vous n'aviez rien à faire ; vous vous êtes retrouvé au milieu de la mafia locale ; vous avez failli tomber dans un guet-apens ; vous ne nous en avez pas parlé. Pour résumer, ajouta-t-il. J'ai bon jusque-là ?

Je le fusillais du regard.

— Vous vous êtes mis en danger pour rien et la situation présente est probablement liée à cet incident à Rotterdam.

— Ça, on n'en sait rien, crus-je bon de faire valoir.

Bébel secoua la tête.

— Vous croyez ? Le gars dont vous squattez le corps a été repéré avec un gang à Rotterdam. Un gang qui vient de s'allier avec les triades chinoises. Et vous, vous avez atterri dans un pub chinois dont vous avez reconnu vous-même qu'il abritait la pègre du coin.

Je n'avais rien à répondre. Évidemment. Aussi, mal à l'aise, je me limitai à attendre. Comme les yeux perçants de Bébel me fixaient, je finis par me concentrer sur le bois de la table, devenu d'un intérêt suprême. J'espérais qu'à force de jouer l'autruche, j'échapperais au regard inquisiteur. Peine perdue. Ce tortionnaire fit durer le plaisir. Je n'eus d'autre choix que de m'absorber encore plus profondément dans la contemplation de la table. Mais aussi passionnante fut-elle, j'allais devoir relever la tête un jour ou l'autre. Mon salut vint de Favreau, qui – peut-être par pitié – interrompit la séance de torture.

— Du coup, on fait quoi ? demanda Favreau.

Après de longues secondes, Bébel détourna enfin son regard assassin.

— Il faut que j'en discute avec les Stups et l'Anti-Gang. Il y a des implications, surtout internationales. En attendant, ajouta-t-il à notre adresse, j'espère que tout le monde se tiendra à carreau.

Le message était clair. Son destinataire aussi : moi.

Dans la voiture qui nous ramena à Gennevilliers, l'ambiance fut morose et pas un mot ne fut échangé. Je restai sur ma réserve et les autres ne daignèrent pas engager la conversation. Sitôt arrivés à notre nouvel appartement, Schwarzy s'absorba dans Oggy et les cafards. Marianne, murée dans le silence, claqua la porte de sa chambre.

Je venais d'échapper à une asphyxie lente et douloureuse pour sombrer dans l'ostracisme. Ce n'était pas la joie.

*
*   *

Les consultations entre les différents services de police s'étaient étendues à Europol, à la police néerlandaise et à la maréchaussée royale. Elles avaient abouti à une réunion interne de plus. Au milieu des autres participants, toujours ostracisé par mes deux camarades, je m'évertuais à demeurer le moins visible possible.

— L'objectif est de reprendre l'initiative et d'arrêter de subir, résuma Bébel.

— On choisit le profil offensif, ricana un des assistants à voix basse.

Malheureusement pour lui, son chef l'entendit.

— Tu as un commentaire à faire, Pizzani ?

— Non, patron, s'empressa de répondre l'autre en baissant la tête tout penaud.

— Bon, dans ce cas, je reprends. On a essuyé plusieurs attaques, qu'on n'avait pas anticipées, dont on ne connaissait

149

pas les auteurs et qui impliquent des réseaux étrangers et surtout d'autres extraterrestres. Donc, il faut agir.

Il se mit à répartir les tâches comme d'autres l'auraient fait avec les poissons et les pains.

— Favreau, tu restes en contact avec les Hollandais tandis qu'ils identifient le pub chinois. Ça ne devrait pas être très long ni difficile. Aussitôt qu'on saura où et qui frapper, on monte une opération avec eux. Pendant ce temps, les blouses blanches, dit-il en se tournant vers la poignée de scientifiques présents, vous me trouvez tout ce qu'il y a à trouver sur ces extraterrestres clones. Il est hors de question qu'on aille au casse-pipe sans avoir une idée de qui on va affronter. Alexandre, tu me trouves aussi rapidement des informations. Qui sont ces aliens ? Pourquoi les Saturniens – où peu importe d'où ils viennent – se mettent au trafic de drogue ? Depuis quand il y a des affinités entre Véga et Pékin ? Etc.

Bébel avait raison et tort. Il ne fallut pas longtemps en effet aux policiers et gendarmes néerlandais pour localiser le pub sino-batave.

En revanche, l'opération ne pouvait attendre que les chercheurs officiant pour la BPI obtiennent des éclaircissements sur les capacités de l'Anonyme qui gisait dans les entrailles de la DGSI. Les tests et les analyses avaient évidemment buté sur la nature inexplicable de l'alien, son organisme totalement différent et sa situation actuelle de cadavre. Ils avaient uniquement découvert une puce électronique sous-cutanée à la base de la nuque, sans toutefois s'accorder sur sa fonction.

Quant à Alexandre, il allait peut-être obtenir davantage d'informations, mais il se trouvait quelque part dans le monde à parler avec des ufologues que lui seul comprenait.

Ce fut comme ça que nous nous retrouvâmes un soir dans la banlieue de Rotterdam et que nous faillîmes subir une autre déconvenue.

La police néerlandaise pilotait l'opération. Du côté français, les représentants des Stups, de l'Anti-Gang et de la BPI avaient été autorisés à y assister. Notre trio habituel, Schwarzy, Marianne et moi, aussi, mais seul le premier servait d'appât. Ma place avait été longuement débattue, sans que j'aie eu mon mot à dire. J'avais – l'expression convenait à merveille – le physique de l'emploi, puisque j'occupais le corps d'un complice du gang ciblé. Mais on ignorait son positionnement exact dans la hiérarchie et il n'avait plus donné signe de vie – et pour cause – depuis trop longtemps pour ne pas susciter des interrogations. Bref, Schwarzy fut choisi pour s'introduire dans le pub. L'équipe d'intervention des Bataves avait tiqué, préférant agir à la manière traditionnelle, sans l'interférence d'un civil, qui plus est étranger.

Cependant, Bébel, comme toujours, avait fini par trouver les mots justes sans révéler la nature alien de Schwarzy. On n'était pas allé jusqu'à séparer complètement le trio. Et pendant que le premier était attablé et occupé à siroter une Tsingtao, en épiant le moindre mouvement et subissant en retour les œillades appuyées et soupçonneuses de toute la clique qui traînait dans le pub, Marianne et moi patientions à quelques rues de là dans une voiture banalisée. Un policier néerlandais assis derrière le volant nous servait de chaperon.

De temps à autre, la radio de bord grésillait des comptes rendus sur un ton nasillard. Ma puce incorporée me fournissait les mêmes, qui se résumaient à ceci : il ne se passait rien. Schwarzy enchaînait les bières dans une atmosphère paranoïaque et les bataillons de forces de l'ordre restaient à l'affût d'un événement déclencheur qui ne venait pas.

— C'est quoi ton problème exactement ?

À côté de moi, sur la banquette arrière, Marianne m'adressait la parole pour la première fois depuis mon déballage de la soirée sino-batave.

— Tu parles de quoi ? me contentai-je de répondre sans me mouiller, ne sachant pas où elle voulait en venir.

— De la DGSI. De la BPI. De ce boulot. C'est quoi ce besoin constant de tout foutre en l'air ?

Je ne pouvais pas dire que ses critiques acerbes m'avaient réellement manqué. J'aurais pu faire l'ingénu, prétexter ne pas comprendre, me défendre de ce dont elle m'accusait. Mais à quoi bon ? Sa question était pertinente, après tout.

— Tu n'en as pas marre, toi, de ce boulot ?

— Marre ? Attends, laisse-moi réfléchir.

Elle fit mine de prendre le temps d'y penser, avant de lâcher immédiatement :

— Non, pas du tout. T'es dingue ou quoi ? On bosse pas beaucoup. On est bien payés, logés, énuméra-t-elle. On fait un boulot d'agents secrets qui a du sens et que des millions de personnes dans les salles de cinéma nous envient. Qu'est-ce qui ne te va pas dans tout ça ?

— J'ai l'impression d'être exploité. Je me sens utilisé.

Je crus avoir droit à un nouveau sarcasme. Au lieu de quoi, elle soupira.

— C'est le principe même de n'importe quel travail.

— Schwarzy et toi, vous avez l'air de vous épanouir dans ce boulot.

— Dans ma vie, j'ai bossé dans pas mal de domaines. Parfois au noir, occasionnellement dans des activités illégales. Quelques fois comme salariée, souvent en indépendante. J'ai fait de l'informatique le plus souvent et de l'escorting en intermittente. Contrairement à ce que beaucoup de gens croient, c'est toujours le même principe : tu trimes pour gagner ta vie, payer ton loyer, tes vacances, ta bouffe, tes loisirs… Certains réussissent à faire un métier qui ne leur déplaît pas. Exceptionnellement il y en a même qui parviennent à faire une activité qui leur plaît vraiment. Mais dans tous les cas, crois-moi : ça reste un boulot. Ce n'est ni bien ni mal. C'est comme ça. Il faut en avoir conscience, c'est tout.

Après un tel laïus, je ne voyais pas quoi rétorquer. Aussi, je demeurai silencieux. Elle m'observa bizarrement, en penchant la tête et ajouta :

— Ou alors…

— Quoi ?

— Ben, après tout, on ne sait pas vraiment qui tu es et encore moins ce que tu faisais, ni comment fonctionne la société des Poulpes.

— Et donc ?

— Peut-être que tu n'es pas habitué à obéir à des ordres.

Je restai à nouveau coi, mais n'eus pas le loisir de méditer sur cette nouvelle piste. La radio explosa en une multitude d'exclamations en néerlandais. Au même instant, ma puce transmit une série d'ordres hystériques. Dans tout le quartier, s'éleva le crépitement d'armes automatiques. Les choses ne se passaient pas comme prévu. J'imaginais Schwarzy en train de hurler à des caïds de petite envergure qu'il allait les bouffer.

Comme monté sur un ressort, notre chaperon batave, qui avait reçu des instructions en ce sens, jaillit de la voiture et partit rejoindre ses collègues. Ce n'était pas très conforme aux consignes de sécurité habituelles. Au moins, par précaution, il nous avait laissé les clefs de la voiture sur le contact.

— On fait quoi, nous ?

— On nous a demandé de rester là, répondit Marianne, sauf si on nous appelle.

Nous restâmes donc dans le véhicule et suivîmes les événements de loin. Visiblement, une des équipes s'était faite repérer et l'encerclement policier s'était transformé en souricière inversée.

Le quartier entrait en ébullition et aux carrefours successifs situés en enfilade devant nous, nous voyions passer des grappes d'ombres sans pouvoir déterminer à quel camp elles appartenaient. Il semblait que les banlieues chaudes de Rotterdam n'avaient rien à envier aux parisiennes. Et le petit réseau de dealers locaux s'était mué en quelque chose de plus gros. Incontestablement.

— *De Dragon à aigle : où êtes-vous ?*

— *D'Aigle à dragon : bah, toujours au même endroit,* répliquai-je à mi-voix.

— *Bien reçu.*

Je commençais à nouveau à regretter d'avoir une puce de communication incorporée. Je me mis à marmonner avant d'être coupé par Marianne.

— Je crois qu'on est reperés, me glissa-t-elle.

Je suivis son regard. Au coin de la rue, une silhouette était apparue. Elle se tenait droite et immobile, trop loin néanmoins pour la discerner précisément mais suffisamment pour remarquer qu'elle était tournée vers nous.

— Tu ne devrais pas avoir de mal à t'en occuper seul, commenta Marianne d'un ton badin.

De fait, la silhouette hésitait et fit un pas peu assuré.

— Ça va ? s'inquiéta Marianne.

Le visage crispé, je fixais la rue, tandis qu'une sueur glacée descendait le long de ma colonne vertébrale. J'avais déjà été confronté par trois fois à des ombres imprécises qui s'étaient révélées des clones psychopathes. J'appréhendais une nouvelle rencontre, ignorant combien d'extraterrestres anonymes se promenaient dans le monde.

— Oui, ça va, grommelai-je vaguement.

Non, ça n'allait pas : le type s'était avancé encore et était arrivé à hauteur d'un réverbère dont la lumière tombante révéla les reliefs de son visage. Comment pouvais-je manquer de chance à ce point ?

— Merde, souffla Marianne. C'est flippant, ce truc.

Le même visage que celui que je portais à ce moment précis. Ayant souffert précédemment les attaques de son camarade, j'avoue avoir totalement paniqué. Je mis à hurler comme un malade à l'attention de ma puce :

— *Un clone ! Y'a un putain de clone !*

Puis, j'entrepris de m'asseoir sur le siège du conducteur depuis la banquette arrière. Celui qui a déjà tenté l'exercice sait que ce n'est pas évident, surtout handicapé par de longues jambes. Je regrettai aussitôt mon corps précédent de nain. Parallèlement, les réactions fusaient à mon oreille :

— *Qui a parlé ? Qui a vu un clone ?*

— *Où il est, bordel !?*

Je n'en avais cure. J'agrippais déjà les clefs et les tournais dans le contact. Sans attendre que Marianne ait fini la même gymnastique que moi, j'écrasai l'accélérateur et le véhicule bondit hors de son stationnement. Secouée entre la portière, le tableau de bord et le dossier de son siège, ma passagère m'insulta copieusement.

Dans mon hystérie, j'avais perdu de vue mon tueur anonyme. Il se rappela à mon bon souvenir en jaillissant de derrière une fourgonnette garée et en atterrissant sur le capot de la voiture. Il s'accrocha comme une sangsue, son visage aussi inexpressif que son acolyte décédé. Je criai et accélérai encore. Marianne s'empressa d'attacher sa ceinture de sécurité. Je ne pensai pas à faire de même. Le clone, lui, se hissa jusqu'au pare-brise, lança un poing qui traversa le verre en semant des débris partout et chercha de me saisir le bras en poussant des grognements.

Je voulus me débarrasser de lui en imprimant des zigzags à la voiture. Comme dans un flipper, nous percutâmes ainsi alternativement les véhicules stationnés des deux côtés de la voie. Marianne criait. Je me rendis compte que moi aussi. L'Anonyme accroché à mon bras, quant à lui, restait impavide.

Ma passagère me dit quelque chose que je ne compris pas et l'instant d'après nous nous écrasâmes contre le mur d'un entrepôt. Sous la violence du choc, la voiture rebondit. Ma tête aussi. Contre le volant dans lequel mon front s'enfonça profondément. L'éclatement des os de mon crâne dissémina une multitude d'esquilles dans mes tissus cérébraux. La douleur fut insoutenable et me laissa à moitié sonné, même si je pouvais déjà sentir la reconstruction cellulaire commencer son œuvre.

Je levai une paupière ensanglantée pour voir l'extraterrestre gisant immobile sur le capot. C'était déjà ça. À côté de moi, j'entendis Marianne se détacher et farfouiller dans l'habitacle avant d'ouvrir la portière et partir. Pour chercher du secours, j'espérais.

Elle venait à peine de disparaître qu'un mouvement attira mon attention. J'avais eu l'impression que mon clone assassin avait tremblé. Je le fixai et constatai que ce n'était pas une illusion : son corps fut pris d'une deuxième secousse, puis sa tête se releva lentement et il me fixa d'un air à la fois vide et affamé. L'instant d'après, il rampait sur la tôle dans ma direction. Bon sang, cette chose était increvable ! J'observai avec horreur ses deux mains qui l'une après l'autre prenaient appui sur le capot et son corps qui se rapprochait imperturbablement, malgré ses deux jambes brisées par le choc.

À tâtons, je cherchai le bouton pour défaire ma ceinture, avant de me rendre compte que je ne m'étais pas attaché. Entre temps, l'autre avait encore progressé : il avait désormais atteint la base des essuie-glaces.

Mon crâne qui se reconstituait me causait une souffrance atroce. Avec des gestes ralentis, je tâtai la portière à la recherche de la poignée que je ne trouvai qu'après trois allers-retours de mes doigts sur le plastique froissé. Je tirai faiblement dessus. En vain. Le claquement alternatif des deux mains, suivi du glissement des vêtements sur le capot se poursuivait. J'attrapai le loquet plus fermement et parvins enfin à déclencher l'ouverture de la portière. Le soulagement fut de courte durée, car des doigts se refermèrent sur mon cou. Je luttai faiblement pour me dégager, mais l'étreinte s'intensifia et me cloua à mon siège.

D'habitude, lorsqu'on parle d'impression de déjà-vu, on se réfère rarement à une strangulation. Je suis peut-être un des rares à pouvoir en témoigner. La même asphyxie progressive, le même supplice intolérable. Et en l'occurrence, le même visage de pantin me faisant face. Je sentis une rage inutile sourdre en moi, comme je me sentais impuissant et vulnérable. À nouveau, les craquements de ma trachée semblèrent déclencher l'extase de mon bourreau.

Selon une gestuelle déjà observée, il bascula sa tête en arrière, arrondit sa bouche comme s'il cherchait à aspirer mon âme à mesure que la vie s'en échappait et ferma les yeux pour savourer l'instant. Pas longtemps.

À travers mon regard brouillé par le manque d'oxygène, je vis son crâne exploser comme une piñata à un anniversaire d'enfants. Un liquide poisseux et des morceaux de chair éclaboussèrent mon visage. Mais ce qui m'importait était l'air qui circulait à nouveau dans mes poumons.

CHAPITRE 15

SEANCE DE TORTURE A ROTTERDAM

La portière s'ouvrit en grand et Marianne apparut, un fusil à pompe fumant dans la main. Elle me saisit et me fit sortir sans ménagement de la voiture.

— T'étais où ? hoquetai-je en m'extrayant de l'habitacle.

— Putain, jamais content ! Il m'a fallu des plombes pour ouvrir le coffre, trouver le fusil, mettre la main sur les cartouches, charger…

Gardant son arme à la main droite, elle me soutint en passant son bras gauche autour de ma taille. Clopin-clopant, nous avançâmes sur la chaussée, laissant derrière nous la voiture de police fracassée et un cadavre quasi décapité. Malgré mes capacités de récupération exceptionnelles, je n'étais pas encore pleinement opérationnel.

Nous n'avions péniblement parcouru qu'une vingtaine de mètres, quand nous nous heurtâmes à un nouvel obstacle. Enfin, plusieurs obstacles. Ils étaient neuf pour être précis. Leurs carrures variaient de la silhouette sèche du champion de boxe thaï au volume disproportionné du sumo, en passant par la masse brute du catcheur.

Dans chacun, on sentait une agressivité impatiente de s'exprimer. Ils portaient l'uniforme traditionnel : sweats sombres à capuche, tennis hors de prix ou de contrebande, pantalons de survêtement informes et trop courts, écharpe masquant le bas du visage.

L'individu qui faisait office de chef – à la silhouette grande et massive – fit à un de ses sbires un signe de tête en direction de la voiture dont nous venions de nous extraire. L'autre s'en approcha, hocha la tête et revint vers le groupe, qui nous cernait désormais et dont un membre avait confisqué l'arme de Marianne. Le chef fit un nouveau signe à un autre gars qui partit dans une rue adjacente et revint au volant d'une large camionnette qui s'arrêta à notre hauteur. On en ouvrit les portes arrière, on nous entraîna, Marianne et moi, jusqu'au véhicule, on nous passa des serflex et on nous jeta dedans comme des malpropres.

Il paraît qu'une des définitions de la sagesse est la capacité à identifier les combats qu'il est vain de mener. Marianne et moi avions indéniablement gagné en sagesse, car nous n'opposâmes aucune résistance inutile, bien que l'idée me vînt de protester lorsqu'on balança à nos côtés le cadavre du clone, dont les pseudopodes vestimentaires avaient déjà été réintégrés au corps. Le regard appuyé des deux lascars dévolus à cette besogne me dissuada de toute manifestation de mécontentement.

Certains de nos ravisseurs s'installèrent avec nous sur des banquettes qui couraient sur les côtés. Les portes claquèrent, le van démarra.

On nous laissa sur le sol de la camionnette comme trois sacs de pommes de terre, dont un aurait pourri. Pour éviter d'avoir en face de moi le crâne éclaté et sanguinolent de mon clone, je me tournai du côté de Marianne. Celle-ci demeurait les yeux fermés, mais le visage concentré. Je fis de même. Les mouvements du fourgon nous bringuebalaient l'un contre l'autre.

Nos ravisseurs échangeaient parfois des phrases courtes à voix basse et se souciaient assez peu de nous marcher dessus, lors d'un geste « malencontreux ». Après tout, qui se soucie d'un sac de patates ?

Le trajet dura vingt bonnes minutes. Au début, nous continuâmes à entendre des tirs sporadiques d'armes à feu et les longs hurlements des sirènes de police dans le quartier en ébullition. Ces sons s'atténuèrent ensuite sans jamais totalement disparaître. Une sorte de fond sonore d'une série policière new-yorkaise. Notre véhicule ralentit, s'engagea sur un revêtement différent et plus rêche que le bitume classique de la chaussée, marqua un arrêt avant de repartir et stopper définitivement.

Les portes arrière se rouvrirent. On nous remit sans ménagement debout, on nous sortit du van. Nous nous trouvions dans un grand hangar, du genre de ceux qu'on trouve dans les ports. Ou en tous cas que chacun imagine. Il était rempli de caisses et de palettes de tous types, tout en laissant de l'espace pour la circulation des véhicules de manutention et de transport. Nous nous étions arrêtés dans un espace dégagé dans un recoin, sorte de clairière industrielle.

On nous poussa en avant, pendant que deux autres gars entraient dans la camionnette chercher le corps du clone. Je tournai la tête pour tenter de savoir ce qu'il allait advenir de lui, sans y parvenir, et reçu pour toute récompense une bourrade dans les reins. Je me promis de faire la fête au fautif quand j'en aurais l'occasion. Le temps de trajet m'avait permis d'achever ma reconstruction crânienne et je me sentais à nouveau d'attaque. En attendant, on nous fit asseoir sur des chaises auxquelles on nous attacha. Le chef de la bande approcha. Sous sa capuche et derrière son écharpe, on ne voyait que ses yeux. Des yeux jaunes : il devait porter des lentilles de couleur.

— Tu nous as bien niqués, salopard ! lâcha-t-il sans préambule dans un anglais râpeux.

— Je ne comprends pas ce que…

Je ne vis pas le coup de poing arriver. Il faut dire qu'il me l'asséna presque indifféremment. Comme on épluche une pomme de terre. J'espérais simplement ne pas finir en frite, trempé dans l'huile bouillante.

Il se campa devant moi, le regard dur, et abaissa sa capuche en un geste théâtral. Sa tête était rasée et de multiples tatouages recouvraient totalement son cuir chevelu. Cela avait probablement pour but d'impressionner ses interlocuteurs. Avec moi, il rata son effet et baissa au contraire nettement dans mon estime : c'était une vraie caricature.

— Pourquoi vous avez buté le dernier Anonyme ?

Je ne pus m'empêcher d'échanger un regard avec Marianne. Cela confirmait qu'il s'agissait bien du réseau qui utilisait les clones. Mais aussi qu'ils connaissaient leur nature et le nom qui leur était attribué par les services de renseignement. Mister Tatouages Crâniens se méprit sur mon coup d'œil.

— Et c'est qui elle ? Si tu veux pas qu'il arrive des bricoles à ta copine, t'as intérêt à te mettre à table.

— Je suis pas sa copine, ne put s'empêcher de lancer Marianne, et à toi aussi, il va t'arriver des bric…

Un deuxième coup fusa, cette fois à destination de Marianne. Le regard glacial qu'elle lui adressa aurait donné des frissons à un ours polaire. Mais il indifféra totalement Mister Tatouages Crâniens, qui se tourna à nouveau vers moi. Je tâchai de calmer le jeu.

— C'est le clone qui nous a attaqués sans raison. Nous n'avons fait que nous défendre.

L'autre se gratta pensivement le menton avant de m'envoyer son poing une nouvelle fois.

Je commençais à en avoir marre. Puisque la méthode conciliante était visiblement vouée à l'échec, il était sans doute temps d'essayer d'autres options. Contrairement à mes avant-bras, personne ne m'avait attaché les jambes. Mon pied rendit un son mat quand il percuta les testicules de Mister Tatouages Crâniens, qui se plia en deux et bascula en arrière. Il faut lui reconnaître que, si ses yeux se remplirent d'étonnement et sa bouche se tordit de douleur, pas un cri ne lui échappa.

Je sentis l'approbation de Marianne, familière de ce genre d'attaque. Je n'eus cependant pas le temps de profiter de cet instant de gloire facile, car il avait à peine touché le sol qu'un de ses sbires – une métisse entre deux âges avec une partie du visage brûlée – le remplaça et commença immédiatement à me rouer de coups. Le premier me percuta la mâchoire ; le deuxième m'atteignit à l'estomac ; le troisième visa mon nez qui explosa en une gerbe de sang. Je me fis la réflexion qu'un nouveau chantier de réparation cellulaire allait débuter.

La séance de punching-ball cessa sur un ordre à peine murmuré et ma boxeuse s'effaça aussitôt. Mister Tatouages Crâniens s'était redressé et il affichait une mine un peu moins méprisante. D'un geste, il exigea une chaise et s'assit face à nous.

— Pour qui tu bosses ?

Il prononça la phrase davantage comme une invitation à parler que comme une menace. C'est fou ce qu'on obtient avec les arguments appropriés.

— Je vous ai pas trahis. Ça n'a rien à voir. J'avais réussi à chauffer cette fille, fis-je en désignant Marianne du menton. On était tranquillement dans la voiture, occupés à… enfin, vous voyez. Et là, ça a commencé à défourrailler de partout. J'ai démarré pour nous casser. À ce moment, y'a le clone qui me tombe dessus. Il était devenu comme dingue et on a été obligés de se défendre.

L'autre sortit paisiblement un paquet de cigarettes d'une poche, en retira une et l'alluma. J'entendais craquer mon nez tandis qu'il se remettait en place. Si le type s'en rendait compte, je pressentais que ça allait être ma fête.

— Conneries.

Évidemment. Mon objectif n'était pas de le convaincre, mais de gagner du temps.

— Vous étiez dans une bagnole de flic.

Touché.

Il tira sur sa cigarette. S'il survivait aux balles des gangs rivaux, il mourrait d'un cancer bien avant le Poulpe que j'étais. Il secoua la tête.

— Il voulait clairement te buter. Et j'aimerais bien savoir pourquoi. Il me faut des réponses et je suis prêt à me montrer méchant pour les avoir.

Je ne doutais pas de sa méchanceté. L'autre sourit et sortit un pistolet.

— Je répète ma question : tu bosses pour qui ?

— Nous travaillons dans la police.

La détonation emplit tout le volume de l'entrepôt et des morceaux de ma rotule s'éparpillèrent gaiement. Mon premier réflexe fut de me tenir le genou, mais les liens m'en empêchèrent. Je ne pus que me tordre de douleur.

— Vous m'avez détruit le genou ! beuglai-je inutilement.

— Vous étiez dans une bagnole de flics et je ne sais pas pourquoi. Mais je ne crois pas une seconde que vous bossiez pour eux.

— Qu'est-ce que t'y connais ?! répliquai-je spontanément avant de me rappeler que j'avais en face de moi le chef d'un gang.

— La Triade est dans le coup ? Ou tu appartiens à un réseau concurrent ?

Il était difficile pour moi de répondre à une telle question en ignorant les tenants et aboutissants de l'affaire. Il n'attendit pas mon intervention et se tourna vers la rasta qui m'avait mis une raclée lors de ma tentative de rébellion.

— Vous aviez raison. Notre alliance avec les Chinois attire l'attention sur nous. Je pensais pas que ce serait aussi rapide.

Je décidai de profiter de ce nouvel angle d'attaque pour brouiller les pistes.

— Les Chinetoques n'ont rien à foutre ici, déclarai-je.

— Oh, ils ont à foutre partout où ils passent. Je ne suis pas non plus un grand fan. Mais les affaires sont les affaires, surtout quand elles sont illégales. Et puis regarde : en quelques mois à peine, on devient un gros fournisseur d'héroïne et on entre dans la cour des grands.

— Oui, enfin, ce n'est pas encore la première division.

Une deuxième balle accueillit ma petite pique et me ravagea l'autre genou. Pendant que je hurlais à la mort, je vis l'autre ricaner.

— Tu as oublié qui posait les questions ou quoi ?

Je rêvai de lui saisir sa grosse tête à deux mains et de l'écraser comme une pastèque entre les dents d'un godet de pelleteuse.

— Pour qui vous bossez ? Pourquoi l'Anonyme R2 t'a attaqué ? Voilà les réponses que j'attends et tu vas finir par me les donner.

Le quart d'heure qui suivit fut extrêmement long et désagréable. Deux balles dans chaque pied et une séance d'arrachage d'ongles, suivies d'un découpage en règle de la majorité de mes doigts, faillirent avoir raison de ma lucidité. Les atteintes à mon intégrité physique suivaient une cadence bien plus rapide que ma capacité de reconstruction cellulaire. À ce rythme, j'allais me transformer en un tas informe de chair sanguinolente, bien que toujours vivant.

À la fin, l'ennui prit possession de mon tortionnaire.

— Inutile, constata-t-il, en s'adressant à sa camarade qui était restée aux aguets juste derrière moi.

Savoir que je ne pouvais pas mourir et que mes blessures n'étaient que provisoires m'avaient permis de résister à l'interrogatoire, en dépit des souffrances. Marianne ne bénéficiait pas de ces avantages, aussi avait-elle fait preuve de discrétion en espérant se faire oublier, ce qui avait été le cas jusqu'à cet instant.

— Bon, tu me fatigues. Tu as quelque chose à ajouter, avant que je m'occupe un peu de ta copine ? Je suis sûr qu'elle s'impatiente et qu'elle t'envie, fit-il en posant le canon de son arme sur mon cœur.

J'avais donc supporté tout cela pour rien et allais à nouveau décéder pour me retrouver dans je ne savais quel autre corps. Je hurlais intérieurement qu'il était temps que la cavalerie arrive.

— Non ? Rien à ajouter ? dit le caïd. Adieu, alors.

Je fermai les yeux en continuant mes appels frénétiques. Tout à coup, des morceaux de chair, du sang et des éclats d'os m'éclaboussèrent pour la troisième fois en peu de jours. Je sentis un poids m'écraser et entendis des vociférations. Quand je rouvris les yeux, ce fut pour constater que je me trouvais avec le corps inerte de mon bourreau sur moi. Il ne lui manquait que la tête, littéralement vaporisée.

De multiples agents d'un quelconque groupe d'intervention de la police néerlandaise avaient investi les lieux, braquant des fusils au canon disproportionné et des lampes torches aveuglantes autour d'eux. La plupart des abrutis appartenant à la bande du décapité étaient à terre. J'ignorais s'ils étaient morts, blessés ou simplement menottés et en vérité je m'en fichais royalement.

D'une secousse, je fis glisser le macchabé au sol. Entre les tortures qu'il m'avait infligées et l'hémoglobine qu'il avait lui aussi déversée, j'étais recouvert de rouge de la tête aux pieds. Je vis Bébel s'approcher de nous. Il n'avait pas son air goguenard habituel. Il s'était fait un sang d'encre. Normal : à force de côtoyer des Poulpes…

CHAPITRE 16

SEANCE VIDEO A PARIS

J'occupais une pièce médicalisée dans les souterrains de la DGSI. Je devenais quelqu'un d'important.

On m'avait bourré de tellement de produits dopants que j'aurais pu finir le Tour de France avec l'Aubisque et le Tourmalet en une seule journée. Grâce à ça, mes extrémités – doigts ou ongles, selon les cas – repoussaient et mes différentes plaies se refermaient. Les blouses blanches m'avaient pronostiqué une semaine d'alitement au maximum.

Allongé sans rien faire, je laissai ma pensée vagabonder, m'interrogeant sur des sujets futiles. Par exemple pourquoi tout le monde abattait mes ennemis d'une balle dans la tête ? Était-ce leur regard vide qui les faisait ressembler à des zombies, uniquement éliminables par ce moyen, comme chacun sait.

Schwarzy fut ravi de discuter du sujet, mais Marianne qui avait elle-même pratiqué ce type d'exécution ne put nous renseigner.

— J'ai agi d'instinct ! se défendit-elle.

Je n'allais pas le lui reprocher.

Les scientifiques n'avaient pas menti. Après quatre jours, j'étais déjà fringant et fit des pieds et des mains pour récupérer des vêtements : il était hors de question que je me balade en portant la ridicule tunique que tous les hôpitaux imposent à leurs patients. Bébel affichait à nouveau son sourire moqueur.

— Content de vous revoir en forme !

— Hum, marmottai-je.

— En tous cas, vous voyez que nos puces de communication sont utiles. Comment on aurait fait sinon pour vous retrouver et pour que vous nous donniez les informations nécessaires à l'intervention de la police royale ?

— Vous avez mis le temps.

— On a fait ce qu'on a pu.

J'avais su par les autres que la situation avait été tendue. La police et la maréchaussée néerlandaises avaient dû mener de front une intervention anti-narcotique et des opérations anti-émeutes dans tout le quartier. La prise du bar sino-batave avait été particulièrement délicate, avec Schwarzy au milieu des rafales, encaissant plusieurs tirs et distribuant autant de coups. Il avait tout de même réussi à préserver son cœur, qui n'avait pas pris un seul impact.

— Tu as le cul bordé de nouilles, avais-je grommelé.

Pendant les opérations, les relations avaient viré au vinaigre entre la BPI et les Bataves, les premiers désarmés et frustrés de ne pouvoir agir et les deuxièmes ressentant l'interférence de ces gêneurs étrangers. La tension était montée d'un cran lors de l'annonce de notre disparition. Bébel avait apparemment mis une pression constante au chef des opérations pour qu'un détachement parte nous délivrer.

Le contact par radio avait permis l'arrivée à temps de la cavalerie, après de nombreux accrochages entre Bébel et son homologue.

— Est-ce que ça en valait le coup, au moins ? demandai-je avec lassitude à Favreau qui s'était joint à une des visites de mes colocataires.

— La police hollandaise poursuit ses investigations, reconnut-il. Et vu la manière dont ça s'est passé, ils ne veulent rien partager tant que l'enquête de leur côté n'est pas finalisée.

Bébel s'étranglait face à ce camouflet et ses collègues des Stups lui en voulaient à mort. J'étais vengé par les Néerlandais.

— Ils nous ont tout de même laissés interroger un des narcotrafiquants.

Favreau me montra la vidéo de l'interrogatoire. Je ne reconnus pas le suspect à peine majeur. Sans doute un sous-fifre resté dans l'ombre. Du menu fretin. Le seul auquel la BPI avait eu accès. Malgré son statut modeste, le jeunot détenait quelques informations, compte tenu de la taille réduite de l'organisation criminelle dans laquelle il officiait.

— *Quels étaient vos relations avec les Chinois ?* demanda Favreau qui conduisait l'interrogatoire directement en néerlandais.

Ne bénéficiant pas des mêmes origines que son adjoint, Bébel suivait l'interrogatoire par le truchement d'un interprète, dont les traductions permettaient aussi de visionner la vidéo sans l'aide de sous-titres.

— *M'sieur, je couche pas avec les Chinois ! Ch'uis pas un...*

— *Pourquoi ton gang s'est mis à trafiquer avec la mafia chinoise,* clarifia Favreau.

— *Ah d'accord. Chais pas, m'sieur. Moi, je trafique rien.*

— Vos combines, vos trafics, on s'en fout. Mais on veut savoir ce que vous avez négocié, insista Favreau.

— J'vous assure. Chais rien.

Bébel se leva doucement. Je sentis obscurément que notre ami allait changer sa version. Et lui aussi en eut l'intuition, car il suivit d'un regard de plus en plus préoccupé le policier qui faisait le tour de la table pour s'arrêter à ses côtés. Bébel se pencha à son oreille et lui susurra quelque chose. La phrase avait été inaudible, y compris pour l'interprète situé au bout de la table. Mais les mots avaient été choisis avec soin, car l'autre devint pâle comme une tranche de mozzarella et déglutit plusieurs fois.

— Bébel ne parle pas anglais et encore moins hollandais.

— Tout à fait exact, admit Favreau.

— Dans ce cas, comment a-t-il réussi à se faire comprendre ?

— Oh, il y a des fois où l'intonation suffit. Parfois même seulement le regard.

Le flic batave qui surveillait l'interrogatoire pour le compte de la police royale resta immobile. Après tout, il n'y avait eu aucun contact physique et le suspect n'avait pas été molesté. Bébel put donc retourner tranquillement s'asseoir, avec un sourire satisfait.

— On a toujours été petits et à la plupart d'entre nous, ça nous suffisait. Mais Jan voulait grossir.

— Jan ?

— Notre chef.

J'éprouvai une légère satisfaction en repensant à mon adversaire et à l'explosion de son crâne décoré. La mort avait peut-être été trop rapide en comparaison de ce qu'il m'avait fait subir.

— Il a pris le pouvoir il y a un an.

— Parlez-nous un peu des clones.

L'autre remua sur sa chaise.

— *Bah, comment dire ? Par où commencer ?*

— *Par le début*, laissa tomber Bébel.

L'interprète traduisit.

— *Oui, hum, bon, d'accord. Je pourrais avoir une ciga-rette ?*

Favreau se tourna vers le policier néerlandais de faction, qui secoua la tête.

— *Il va falloir attendre la fin de l'interrogatoire*, résuma Favreau. *Plus vous êtes coopératif, moins on perd de temps et plus vite vous aurez votre bouffée.*

Il prit une grande inspiration. Il aurait préféré continuer à parler de meurtres, de drogue et de trafics que des clones. Il se lança malgré tout.

— *Un jour, Jan a rappliqué. « Les Chinetoques nous ont fait un cadeau », qu'il a dit. Deux en fait. C'était deux types... enfin, façon de parler. Ils étaient trop chelous.*

— *C'est-à-dire ?*

— *On aurait dit des copies tellement ils se ressemblaient. Et puis, ils avaient l'air gogols : le visage sans expression ; les yeux vous regardaient pas. Comme des statues ou des plantes, mais qui marchaient. C'était flippant.*

— *Ils s'appelaient comment ?*

— *Aucune idée. Ils parlaient même pas. De temps en temps, ils arrondissaient la bouche, grognaient ou faisaient un son comme s'ils agonisaient. Ça nous rappelait un vieux film sur les extraterrestres.*

Bébel et Favreau échangèrent un coup d'œil éloquent, mais n'interrompirent pas le suspect.

— *On n'a jamais su ce qu'ils étaient vraiment, sauf qu'on était d'accord entre nous pour dire qu'ils étaient pas humains.*

— *Entre vous ?*

— Ouais, impossible d'en parler avec Jan : il aurait pété un câble et il était pas du genre à faire dans la finesse.

Oui, ça, j'avais remarqué lors de ma séance de torture.

— Il trouvait que c'était une super occase. Que ça prouvait qu'on était bien vu des Chinois. Et qu'on allait pouvoir niquer les autres gangs.

— Avec ces clones ? Comment ?

— Ils allaient prendre la place de certains mecs d'en face et on allait pouvoir choper plein d'infos. Un peu comme des flics infiltrés. Je sais pas si vous connaissez le film...

— Concrètement, comment ça se passait, le coupa Favreau. *S'ils ne parlaient pas, comment vous communiquiez avec eux ?*

— On pouvait pas. C'était leur chaperon qui le faisait.

— Leur chaperon ?

— Ouais, un gars aussi chelou qu'eux et fourni par la Triade, lui aussi. On n'a jamais vu son visage. Il portait tout le temps sa capuche de sweat et un masque, avec des lunettes de soleil de surfeur.

— Un masque ?

J'imaginais un tueur avec un masque de hockey. Ou pire, une tête de clown.

— Un de ces masques en tissu, comme pendant le COVID. On voyait que les yeux.

Bébel sortit d'une des poches de son vieux blouson en cuir une photo qu'il plaça devant le suspect.

— Ça pourrait être lui ?

— Ch'crois bien. Je vous l'ai dit : on voyait que ses yeux.

Bébel plaqua ses mains de part et d'autre de la photo, en ne laissant voir que le haut du nez et les yeux.

— Et comme ça ?

— *Il lui ressemble*, approuva le jeune en secouant énergiquement la tête. *Dites, je vais pouvoir la fumer quand, ma clope ? C'est bientôt fini ?*

— C'est ta photo que Bébel lui a montrée, m'informa Schwarzy. Enfin, celle du type avant que tu occupes son corps. Parce que maintenant avec les yeux rouges lumineux, il n'aurait pas pu te reconnaître.

— Vu son état de manque, il aurait dit la même chose d'une photo du pape François ou de Shakira.

— N'empêche, c'est la tienne.

Au moins, nous savions désormais la fonction de ce gars. Mais cela n'expliquait toujours pas pourquoi ses créatures et lui s'en prenaient à moi.

— *Oui, tu en auras une bientôt*, continuait Favreau. *Mais qu'est-ce qu'il faisait de particulier, ce chaperon ?*

— *Aucune idée*, avoua le suspect. *Lorsqu'on devait utiliser un des clones, on expliquait au chaperon – on n'a jamais su son nom – ce qu'on voulait. Il s'enfermait avec l'un d'entre eux dans une pièce. On ne sait pas ce qu'ils y faisaient. Mais on entendait des bruits. Comme dans les vieux films, quand les gens utilisaient internet au début.*

Favreau et Bébel se regardèrent à nouveau.

— *Des bruits de modem ?* hasarda Favreau.

— *Oui, c'est ça !*

Pour le suspect, tout ce qui avait plus de quinze ans était frappé du sceau de l'antiquité. Modem externe, gramophone ou silex, peu de différence…

— Il s'agit probablement du boîtier que nous avons récupéré sur Piet Ruyter.

— *Et ensuite ?*

— *Le chaperon nous donnait une sorte d'émetteur, de mouchard à placer sur la bagnole de la cible. Le moment venu – la nuit pour être plus discrets –, on lâchait le clone et il allait* directement trouver le gars, se « transformait » en lui et le butait. On pouvait alors l'utiliser pour le faire entrer dans les QG ennemis. Ils se sont habitués à faire ça tout le temps.

— Ça explique qu'il ait pris votre place et se soit incrusté à la DGSI.

— *Et ça marchait ?*

— *Bah, ça dépendait. Il faut dire qu'ils sont complètement neuneus. Quand le plan était simple et qu'on attaquait tout de suite derrière, ça marchait. Mais il fallait pas leur demander de compter jusqu'à quatre.*

S'il savait à quel point ils étaient coriaces…

— *Bref, ce n'était pas un aussi bon plan que les Chinetoques nous l'avaient vendu. Du coup, on l'avait un peu mauvaise. Même si on n'était pas super fanas de contester les décisions de Jan, on a fini par avoir une réunion de crise.*

— *Réunion de crise ?*

— *Oui, grande réunion avec tout le monde. Moi, je suis un petit en bas de l'échelle, mais entre les autres, les caïds, ça a bien gueulé. Jan disait qu'on pouvait pas dire à la mafia chinoise que leur cadeau était pourri. Il s'est sacrément énervé et j'ai cru que ça allait défourailler grave. Mais finalement, il a reconnu qu'il était d'accord avec nous et qu'il allait trouver un moyen d'expliquer ça à nos associés.*

Comme les chevaux se dépêchant d'atteindre l'écurie, la perspective de sa dose de tabac rendait le suspect loquace.

— *C'était où et quand, cette réunion ?*

— *Le 11 novembre, dans une salle dans l'arrière-cour du pub que vous avez attaqué.*

Je fermai les yeux. Cette nuit-là, dans la banlieue rotterdamoise, je m'étais arrêté au pire endroit au pire moment.

— *Mais il y a eu un problème.*

Bah tiens.

— Un des clones s'est échappé pendant la réunion. On n'a pas compris ce qui s'est passé. Normalement, ils restent assis sans bouger. On ne ferme même pas les pièces où ils se trouvent tellement ils sont comme des pantins. Là, on l'a retrouvé sur le trottoir, en train de pousser son bruit atroce et de montrer quelque chose au loin sur l'avenue. Le chaperon est arrivé à ce moment-là. Il était furax. Il s'est pris la tête avec Jan, qui lui a dit qu'on en voulait plus de ses clones. L'autre a répondu que tant mieux et que la Triade saurait quoi en faire quand elle le récupérerait. Sauf que le lendemain, ce clone avait disparu. Le chaperon était en panique. Il bavait qu'on n'avait aucune idée des conséquences. Il est parti à sa recherche en nous disant de fermer la pièce de l'autre et de le laisser tranquille jusqu'à son retour. Sauf qu'il est jamais revenu.

— Et ?

— Bah, rien. On l'a enfermé et on l'a laissé là, jusqu'à votre descente. Pendant les combats, celui qui restait a réussi à s'enfuir. On a vu qu'il s'est fait refroidir par le gars et la fille qu'on a capturés.

Favreau arrêta la vidéo.

— Je crois qu'on a une réunion de prévue.

Une de plus.

— Bébel attendait que vous soyez remis sur pied et que vous ayez vu l'interrogatoire.

Toujours cette désagréable impression de n'avoir été qu'une marionnette.

CHAPITRE 17

LE CADRE

ET L'OFFICIER DE POLICE

— **B**on, on en est où ? commença Bébel. Toujours la même question, toujours les mêmes réunions, toujours les mêmes personnes autour de la table. Sauf Alexandre, sans cesse par monts et par vaux.

— Il est où en ce moment ? demandai-je à Marianne à ma gauche.

— Aux dernières nouvelles, au Canada. En Nouvelle-Écosse. Un endroit appelé Shag Harbour. Il paraît qu'il y a fait de la plongée.

— De la plongée ?!

Je ne parvenais pas à l'imaginer dans des activités physiques. Marianne haussa les épaules.

— Bébel a parlé de pêche au homard. Ça ressemblait à une blague entre gars de la BPI.

— C'est pas comme ça qu'on connaîtra nos super-pouvoirs, me glissa Schwarzy à ma droite.

Encore cette histoire. Cela prenait des allures de légende urbaine.

— L'opération néerlandaise a été un succès, commença Bébel.

Favreau se permit un « hum » courageux. Bébel plissa les yeux avec un air mauvais.

— Tout le réseau a été démantelé, non ?

— Ça a tourné à l'émeute, chef. Les violences ont duré trois jours. Les collègues hollandais ont morflé. Ils nous en veulent à mort.

Bébel afficha un sourire énorme, à la fois carnassier et débonnaire. Une réelle performance.

— Les effets collatéraux habituels. Mais, nous avons glané beaucoup de réponses. Nous savons d'où viennent les clones ; nous savons d'où sort le corps d'emprunt d'Aristote et nous savons surtout qu'il ne s'agit pas d'un narcotrafiquant. Il travaille pour la mafia chinoise.

— Il est pas vraiment bridé, constata Schwarzy en me dévisageant.

— Tu serais surpris par le nombre d'Occidentaux que les Chinois sont capables d'acheter.

— Il y a encore plusieurs inconnues, tempéra Marianne. On ne sait toujours pas comment fonctionnent les clones ni pourquoi ils se sont mis à attaquer.

— C'est forcément lié au passage d'Aristote au moment où l'un d'entre eux s'est enfui, intervint Favreau. Quoi qui l'ait attiré, ça s'est passé à cet instant-là et le clone a fait le chemin depuis Rotterdam.

— Aussi constant qu'une hyène, fis-je remarquer.

Cela provoqua un silence imprévu, chacun méditant sur les derniers éléments à notre disposition.

— Il faudrait justement savoir ce qui les attire, dit Schwarzy. Ça donne quoi, les autopsies ?

— Rien, asséna Bébel. Enfin, les trucs classiques : métabolisme inconnu, pas d'ADN, etc. Mais pour le reste, le corps est devenu totalement inerte avec la mort. Les scientifiques ne savent même pas dire comment fonctionne le mécanisme de clonage. Alors déterminer ce qui les attire…

— On a retrouvé la même puce électronique au niveau de la nuque que sur le premier, compléta Favreau.

— Et les informaticiens ont réussi à en tirer quelque chose ?

— Que dalle ! s'emporta Bébel. Pour pirater les hôpitaux ou les écoles, là tu trouves des hackers en veux-tu en voilà. Mais pour travailler pour l'Etat quand il en a besoin, il n'y a plus personne. Ce n'est pas comme en Russie, aux Etats-Unis ou en Chine…

— Ils ont uniquement déterminé que le boîtier retrouvé sur vous, enfin sur votre assassin, est connecté aux puces des Anonymes, précisa Favreau.

— Et Alexandre a trouvé quelque chose ? insista Schwarzy, revenant à son idée inassouvie de super-pouvoirs.

— Non plus. Il est sur d'autres dossiers.

— Plus important que celui des clones assassins qui essaient de me tuer ? demandai-je, amer.

— Allons, mon petit, vous n'allez pas jouer les pleureuses.

Je ravalai ma remarque et ma fierté avec. Bébel nous renvoya à l'insipide cafétéria : il avait besoin de réfléchir sur la situation et trouver un plan d'action. Il n'en eut pas le loisir, car ce fut l'instant que choisit Alexandre pour redonner des signes de vie. Nous étions devant nos habituels gobelets de café– du chocolat pour Schwarzy – quand Favreau surgit tout essoufflé :

— Alexandre va nous contacter dans cinq minutes. Il paraît qu'il a du nouveau.

— Je croyais qu'il bossait sur d'autres dossiers, commenta Schwarzy en se levant et en renversant la moitié de son gobelet sur son plateau.

Favreau haussa les épaules.

— Personne ne sait jamais vraiment sur quoi bosse Alexandre. Même pas le chef, seulement il ne veut pas le reconnaître.

Nous parvînmes à la salle de réunion aussi excités et empressés que des jeunes adolescents à qui on aurait annoncé un défilé de lingerie. Tous les présents fixaient l'écran qui garnissait le mur du fond et sur lequel apparaissait le visage bonhomme d'Alexandre en format monumental. L'image tressautait constamment et le son était inaudible.

— Où est-ce qu'il a dit qu'il était ? demanda Bébel au policier qui sur son téléphone échangeait des messages avec Alexandre.

— Au Tadjikistan.

— Qu'est-ce qu'il fout au Tadjikistan ? Dans l'ordre de mission que je lui avais signé, après le Canada, il était censé aller en Turquie.

Le flic interrogé leva les mains en signe d'ignorance. Bébel poussa un soupir fataliste.

— Alexandre, tu nous entends ?

— *Crrrk... Crrrk... Crrrk...*

— Vous comprenez peut-être ce qu'il dit, nous lança le flic appelé Pizzani. Ça a l'air d'être du martien !

Plusieurs s'esclaffèrent. Le rétablissement de la connexion m'empêcha de lui asséner une réplique, ainsi que ma main sur la gueule.

— *Vous m'entendez ?*

— Oui, Alexandre, ça y est : on t'entend, le rassura Bébel.

— *Vous m'entendez ?*

— J'en ai marre de ces visios de merde.

— *Vous m'entendez ? Crrrk... Moi, je ne vous entends pas.*

— En même temps, remarqua Favreau, c'est pas étonnant : depuis le Tadjikistan.

— *Vous m'entendez ?*

— Il aurait pu nous envoyer ses infos par un message, non ? se plaignit Bébel.

— *Vous m'entendez ? Crrrk...*

— Il a toujours préféré le contact direct et visuel. Mais vu l'état de la connexion, il aurait pu se passer de la visio, reconnut Favreau comme Bébel lui jetait un regard énervé.

— Surtout qu'il garde toujours les yeux fermés, me glissa Marianne.

— *Je ne sais pas si vous m'entendez. Mais comme je n'ai pas beaucoup de temps de connexion, je vais vous dire l'essentiel en espérant que vous m'entendrez.*

— C'est ça balance ce que tu as à dire, dit Bébel davantage pour lui-même que pour l'écran.

— *Le crash à la frontière... Crrrk... Nous avons entendu parler il y a... Crrrk... C'était bien un... Crrrk... D'ovni. Les descriptions qui m'ont été faites correspondent à des clones. Ils ont été... Crrrk... En signe d'amitié... Crrrk...*

Le visage d'Alexandre se figea définitivement et le son disparut. Bébel jura dans toutes les langues.

— Qu'est-ce qu'il a voulu dire ?! Les sauvages des montagnes les ont lynchés comme d'habitude ?

— Ça ne colle pas, chef : il a parlé d'amitié.

— Toi, fit Bébel en pointant un doigt accusateur vers le policier qui était en contact avec Alexandre. Tu lui demandes de nous envoyer les infos par WhatsApp.

— C'est un canal non protégé, chef !

— M'en cogne ! rugit le chef de la brigade.

L'autre pianota nerveusement sur son téléphone et attendit.

— Qu'est-ce qu'il répond ?

— Il est en train d'écrire.

Deux minutes plus tard :

— Et maintenant ?

— Il est toujours en train d'écrire, chef.

Nous prîmes notre mal en patience. Enfin, le téléphone émit un tintement caractéristique. Bébel et Favreau se penchèrent au-dessus de l'appareil, puis se relevèrent.

— Apparemment, nous résuma Bébel, l'armée pakistanaise a réussi à mettre la main sur les extraterrestres avant que ces tarés d'intégristes les attrapent et essaient de les lapider. Les lois de la géopolitique prenant le dessus, non seulement les services pakistanais n'ont pas informé les autres pays de cette trouvaille, mais ils ont en plus remis les clones à la Chine.

Toutes les personnes dans la salle se turent pendant qu'elles digéraient l'information. Ou plutôt, elles firent semblant de la digérer en attendant que quelqu'un d'autre, si possible un chef, livre le fond de sa pensée.

— On savait déjà que les Chinois étaient impliqués, remarqua Marianne, qui se lança la première.

— Oui, admit Bébel. Les Triades. Mais là, il parle sans doute du gouvernement. Évidemment, les deux ont des accointances étroites et ça expliquerait comment les clones se sont retrouvés finalement dans un réseau criminel.

Il se tut et réfléchit de nouveau.

— Mais…, l'encouragea Faveau.

— Beaucoup de choses me chiffonnent. Par exemple : la valeur de ces clones me paraît trop importante pour qu'ils soient confiés aussi facilement à la mafia et encore plus à des petites frappes du sud de Rotterdam. Il doit y avoir autre chose.

— Ils ont passé un marché.

— Oui, mais lequel. Bon, j'ai besoin de réfléchir. Vous trois, rentrez chez vous pour le moment. On vous rappellera quand on aura du nouveau et un plan.

— D'ici à ce qu'ils trouvent un plan, on risque d'avoir de longues vacances, gloussa Schwarzy assez bas pour ne pas être entendu des Paranormaux.

Tout le monde se leva et commença à vider les lieux. Marianne et moi nous éloignâmes rapidement, mais dûmes attendre Schwarzy, demeuré en grande conversation avec le policier qui avait communiqué avec Alexandre. L'agent secouait vigoureusement la tête, devant un Schwarzy manifestement dépité, qui revint vers nous.

— Tu viens, oui ?! lui assénai-je dès qu'il fut à portée de voix. Qu'est-ce que tu fous ?

— J'essayais d'obtenir le numéro de téléphone d'Alexandre, murmura-t-il. Mais ce con n'a rien voulu savoir.

— Pourquoi tu veux avoir son 06 ? se moqua Marianne. Un nouveau béguin ?

Nous nous aperçûmes que nous avions omis de lui raconter la révélation avortée d'Alexandre et les espoirs entretenus par Schwarzy. Nous y remédiâmes sur le chemin du retour à notre appartement.

Marianne se montra sceptique, comme à son habitude. Pour une fois, j'étais d'accord avec elle : cette histoire de pouvoir secret me paraissait totalement tirée par les cheveux.

*

*   *

Contrairement aux prévisions de Schwarzy, les événements commencèrent à s'emballer dès le lendemain. Nous nous

185

retrouvâmes dans la pièce qui jouxtait une salle d'interrogatoire, visible à travers une énorme glace sans tain. De l'autre côté, assis tranquillement sur une des chaises qui entouraient la table en acier, se trouvait un individu aux traits manifestement asiatiques.

— Un des responsables opérationnels de Huawei, l'opérateur de télécommunication chinois, en France, nous éclaira Favreau. Nous l'avons cueilli au petit matin à la sortie de son domicile.

Impeccablement habillé, le cadre supérieur en question semblait sûr de lui et absolument pas préoccupé par le fait de se trouver dans les souterrains de la DGSI, sans doute moins impressionnantes que les geôles du Parti Communiste Chinois.

— C'est lui qui est derrière l'installation des puces sur les clones et le boîtier retrouvé sur mon corps ?

— Pas vraiment. Mais nous savons que les Chinois sont derrière tout ça et les techniciens ont fini par reconnaître que les puces et les composants du boîtier étaient assez proches de la technologie de Huawei.

— Les mêmes techniciens qui ne sont pas foutus de les décrypter ? fis-je remarquer, sarcastique.

— Hum, se contenta de répondre le policier.

Nous interrompîmes nos échanges, car Bébel venait de pénétrer dans la salle d'interrogatoire, arborant un large sourire, à mi-chemin entre le vendeur de primeurs qui vous fait l'article de son melon charentais de qualité supérieure et le grand requin blanc qui rêve de vous arracher les intestins. Un dossier sous le bras, il s'installa sur un autre siège, de l'autre côté de la table.

— Bonjour, monsieur Tang Jie. Comment allez-vous ?

L'autre, se tenant très droit, prit le temps de lisser un faux pli sur sa veste avant de s'intéresser à Bébel et de lui répondre d'un air indifférent :

— Bien et vous-même ?

— Très bien, je vous remercie, fit Bébel. Je me suis réveillé d'excellente humeur ce matin !

Je lui connaissais cette voix enjouée de laquelle on pouvait autant se fier que du câlin d'un boa constricteur.

— On vous a apporté un café ? Non ? Oh, je m'étonne. J'avais pourtant expressément demandé à mes adjoints de vous en amener un. Mais vous connaissez ça aussi bien que moi : les subordonnés font ce qu'ils veulent si on n'est pas tout le temps derrière eux.

Bébel faisait durer les badineries pour que son hôte s'impatiente et se retrouve en position de demandeur. Peine perdue. L'autre affichait une patience minérale. Bébel changea donc de tactique et sortit des photographies qu'il étala devant lui. Toujours pas de réaction.

— Reconnaissez-vous ces personnes ? Enfin, le terme « personne » n'est peut-être pas très adéquat, puisqu'il ne s'agit pas vraiment d'êtres humains.

Ledit Tang Jie ne bougea pas un sourcil. À peine s'il avait cligné des yeux. Bébel avait-il trouvé son maître ? Il ne se découragea pas pour autant.

— Nous savons que vous les connaissez, car nous avons trouvé un de vos appareils sur quelqu'un qui leur était lié. Nos techniciens sont actuellement en train de les décrypter.

Un beau bluff, mais sans résultat. D'une voix posée, dans un français parfait et sans accent, le cadre chinois se décida enfin à parler :

— Monsieur le commissaire…

— Je ne suis malheureusement qu'officier de police.

— N'en soyez pas « malheureux », il ne s'agit aucunement d'une tare, dit Tang Jie d'une voix suave qui suggérait le contraire. Monsieur – disais-je donc – puis-je savoir pourquoi je suis ici ?

— Comme je vous le disais, nous avons des preuves impliquant votre société…

— J'ai dû mal m'exprimer. J'ai bien compris que vous souhaitiez porter des accusations grotesques et sans fondement contre ma société et moi-même. Ma question concernait le régime juridique sous lequel vous m'avez amené ici.

De l'autre côté de la vitre, nous retenions notre respiration. Rien que le fait d'interrompre Bébel constituait dans le microcosme nombriliste de la BPI un crime de lèse-majesté.

— Qu'entendez-vous par régime juridique ? tenta d'éluder Bébel

— Est-ce que je fais l'objet d'une quelconque mesure de justice ? Je ne suis pas spécialiste de votre système judiciaire, mais il me semble que pour m'amener ici vous auriez dû être porteur d'un mandat de recherche. Je n'ose imaginer être l'objet d'un mandat de comparution, d'amener ou d'arrêt, ajouta-t-il dans une magnifique énumération démontrant qu'il maîtrisait parfaitement nos rouages judiciaires.

— Oh non, se défendit Bébel. Vous êtes ici uniquement pour pouvoir échanger de vive voix sur un sujet qui vous concerne.

— Dans ce cas, je vous prierai de me laisser m'en aller.

Bébel arbora à nouveau son sourire hypocrite, se leva et dit au suspect que bien évidemment on viendrait le chercher. Dans la pièce attenante, nous nous regardâmes avec déception. La BPI à travers son chef venait de se prendre ce qu'on pouvait qualifier de déculottée.

Bébel entra et ordonna à Favreau :

— Fais préparer une voiture avec un de nos gars au volant.

Il nous observa pendant que son adjoint sortait et sentit notre frustration. Et par son échec, il se savait être à l'origine de notre déception.

— Aristote, vous venez aussi.

À ce moment-là, je ne savais pas pourquoi des trois comparses, ce fut moi qu'il choisit. Nous descendîmes dans le parking attendre Tang Jie. Nous nous installâmes dans la voiture prévue, Bébel à côté du conducteur, moi sur la banquette. Lorsque le cadre de Huawei monta à l'arrière, il me dévisagea en fronçant les sourcils, mais garda le silence. Bébel m'adressa un sourire et nous quittâmes les sous-sols de la DGSI en direction de Paris. Aucune parole ne fut échangée durant le trajet. Les hurlements de la sirène n'auraient de toute manière pas permis une conversation fluide. Au moins, elle nous évita de rester paralysés dans les embouteillages et donc d'allonger inutilement ce trajet désagréable.

Pendant tout le voyage, notre « invité » demeura le visage tourné vers la vitre. Toutefois, parvenus dans le VIIe arrondissement, Bébel fit cesser la sirène et Tang Jie se pencha en avant :

— Mes bureaux se trouvent…

Bébel leva une main pour l'interrompre.

— Nous savons parfaitement où nous devons vous emmener, monsieur Tang Jie, fit-il de son ton à nouveau jovial.

Une fois sur le boulevard des Invalides, Bébel montra un emplacement au chauffeur :

— Arrête-toi là.

Pour la première fois, je sentis une réaction chez notre suspect. Un tressaillement très ténu mais perceptible. La voiture stoppa à l'emplacement indiqué. Bébel sortit et ouvrit la porte de Tang Jie, l'invitant à descendre. L'intéressé pâlit nettement.

— Ce ne sont pas nos bureaux, bredouilla-t-il.

— Non, mais c'est un peu chez vous quand même ! lança l'officier de police, plus enjoué que jamais.

Le cadre de Huawei consentit enfin à sortir, lentement. Bébel lui passa aussitôt un bras autour des épaules et l'entraîna sur le trottoir, comme s'ils étaient deux vieux complices inséparables. Les grands gestes guillerets du policier contrastaient avec la démarche raide de son interlocuteur. Le premier finit par lâcher les épaules du deuxième, mais ce fut pour lui attraper la main et la secouer avec emphase. Le visage livide, Tang Jie fixait avec inquiétude les caméras de surveillance accrochées aux murs qui longeaient le trottoir.

Bébel revint seul vers la voiture, fit un dernier salut de la main à l'adresse de Tang Jie et monta dans la voiture. L'autre resta immobile, les bras ballants et les yeux dans le vide, tandis que nous redémarrions. Sa superbe s'était bel et bien envolée.

— Il s'est passé quoi, là ? demandai-je.

— Nous l'avons ramené près de son bureau. Nous ne pouvions pas le garder sans raison.

— Mais c'était quoi tout ce cirque ?

— Ce cirque ? répéta Bébel en se tournant enfin vers moi avec le sourire carnassier que je lui avais souvent vu. Un spectacle à destination des caméras de l'ambassade de Chine, qui occupe une bonne partie du pâté de maisons. Maintenant, notre brave cadre si supérieur n'a plus que deux options : s'expliquer avec les services de sécurité chinois sur sa bonne entente affichée avec moi ou revenir réclamer notre protection et nous déballer ce qu'il sait.

Je retrouvais le Bébel habituel. Il avait voulu que j'assiste à la démonstration de sa capacité de rebond.

— J'espère naturellement qu'il optera pour la deuxième solution. Nous allons voir combien de temps ça prend.

CHAPITRE 18

UNE PARTIE D'ECHECS

Cela prit une heure et demie. Le temps pour Tang Jie de déambuler dans les rues en méditant sur son sort et de prendre la direction de Levallois-Perret.

Comme en début de matinée, nous nous postâmes de l'autre côté du miroir, Favreau, Marianne, Schwarzy et moi. La situation avait changé. Si Bébel arborait le même sourire hypocrite, la posture du suspect s'était avachie : les épaules voûtées, les avant-bras sur la table, il secouait sa jambe d'un rythme nerveux.

— Je suis sûr que c'est illégal ce que vous avez fait, geignit-il.

— Quoi donc ? Vous ramener dans le même quartier que vos bureaux au lieu de vous obliger à prendre le métro. Allons, c'est une simple question de courtoisie.

— Qu'est-ce que vous voulez savoir ? souffla Tang Jie sans insister.

— Tout sur cette histoire de clones.

— Et je serai protégé ?

— Bien entendu. J'imagine que vos connaissances sur les méandres de votre société et ses liens avec les services de sécurité seront précieux sur bien d'autres dossiers. Et votre famille aussi le sera.

— Je suis orphelin et célibataire.

— Encore mieux ! Façon de parler.

Tang Jie se massa les tempes et soupira avant de se lancer.

— J'ai découvert l'existence de ces… « clones » il y a environ quatre mois. On nous a demandé de leur implanter des puces. Mais sans une émission en continu. Seulement à la demande. Et aussi un boîtier qui puisse interagir avec elles.

— La puce devait servir à quoi ?

— Plein de choses. Elle devait servir à la localisation et à l'identification du corps au cas où le visage aurait été méconnaissable. Et elle pouvait également recevoir des données. Pas des données très élaborées : plutôt des signaux basiques. On ne m'en a pas dit davantage.

— Qui est venu vous trouver ?

— Les services de renseignement de mon pays.

— Donc, il y a bien eu collusion entre eux et la mafia chinoise, commenta Schwarzy.

— Chut ! répondit Marianne.

— Maintenant, on va tester sa fiabilité, intervint Favreau, qui venait de recevoir un cliché satellite.

Il sortit et alla toquer à la porte de la salle d'interrogatoire. Bébel et lui s'entretinrent quelques secondes, puis il revint dans notre pièce.

— En suivant les indications d'Alexandre, nous avons localisé la zone où s'est écrasé l'ovni des clones, expliqua Favreau. Comme il s'agit d'une région sensible qui intéresse de nombreux services de renseignement, des satellites la quadrillent régulièrement. Nous avons réussi à obtenir une image satellitaire ancienne prise quelques heures après l'accident. On y voit dix clones en position debout. Nous allons voir s'il nous dit toute la vérité.

— Il pourrait aussi ne pas avoir eu à traiter tous les clones, fit remarquer Marianne. Ou certains seraient morts entre le moment de la photo satellite et la pose de la puce.

— C'est une éventualité, acquiesça Favreau.

— Donc, vous avez posé une puce sur chacun des deux clones, s'enquérait innocemment Bébel de l'autre côté du miroir.

Tang Jie se frotta les yeux avec le bas de ses paumes et rectifia.

— On nous a demandé d'en traiter dix, pas deux. Mais je ne sais pas combien il y en a en tout.

— Parfait, commenta Favreau à nos côtés.

— Et donc, poursuivit Bébel, quand ils ont amené les clones dans votre centre de recherche et développement, ils…

— Non, le coupa Tang Jie. Ils ne nous ont amené personne.

— Vous avez dit que vous aviez traité dix clones.

— Oui, mais on ne nous les a pas amenés. On est venu nous chercher.

Bébel se redressa aussitôt.

— Et ils vous ont emmenés où ?

— Un entrepôt du côté de Nanterre.

— Vous sauriez le retrouver sur une carte ?

*

*   *

Dix minutes plus tard trois voitures remplies d'agents de la BPI serrés comme des sardines dans une boîte fonçaient toutes sirènes hurlantes. À part Bébel et Favreau, je ne connaissais pas les autres agents. J'étais toujours épaté par la capacité d'une entité confidentielle comme la BPI à pouvoir afficher des effectifs pléthoriques. Et une fois de plus, par décision arbitraire du chef, je faisais partie du lot. Pour encore servir de témoin à son triomphe, pour satisfaire l'ego, on pouvait bien ajouter un calmar aux sardines.

— Plus vite, plus vite, trépignait Bébel, en criant sur le conducteur. Depuis le temps qu'ils ont visionné les images des caméras de leur ambassade, ils ont dû comprendre qu'on finirait par aller à cet entrepôt et ils se sont précipités pour tout nettoyer. On va finir par arriver trop tard !

— L'idéal, ajouta Favreau, assis sur la banquette avec moi et deux autres policiers, serait de leur tomber dessus alors qu'ils viennent seulement de commencer le nettoyage. D'une pierre, deux coups !

— Allez ! se contenta de répondre Bébel.

Nous parcourûmes à toute vitesse les voies souterraines qui traversaient les soubassements du quartier de la Défense. Notre voiture dérapait dans les virages et nous étions projetés les uns sur les autres, serrés comme nous l'étions. Peut-être que les sardines à l'encre de seiche étaient une spécialité de la région d'origine de Bébel. Je ne lui avais jamais demandé d'où il venait. Une idée en chassant une autre, je m'étonnais que les scientifiques qui nous étudiaient, Schwarzy et moi, n'aient jamais cherché à savoir si nos corps extraterrestres pouvaient effectivement projeter de l'encre, comme les céphalopodes. Ils n'étaient pourtant pas à une expérience débile près.

Je fus tiré de mes réflexions hors sujet par le crissement des pneus : nous venions de stopper brutalement devant l'entrepôt recherché. Tous les policiers jaillirent immédiatement des voitures ; j'accompagnai le mouvement. Certains se dispersèrent dans les alentours, tandis que le gros de la troupe se précipitait vers le bâtiment.

Les agents progressèrent rapidement et sans beaucoup de précautions. À l'intérieur, un couloir étroit s'allongeait jusqu'à une porte en fer. Derrière celle-ci, s'étendait une vaste salle rectangulaire d'où partaient divers couloirs secondaires et qui donnait sur une ample porte-guillotine par laquelle le matériel entrait et sortait de l'entrepôt.

Les membres de la BPI s'éparpillèrent. Bébel, moi et quelques autres restâmes au centre du grand local. Très vite, plusieurs policiers revinrent, bredouilles. Bébel regardait autour de lui en fronçant les sourcils.

— Tout est vide, lui rapporta Favreau. Ils ont réussi à tout nettoyer avant notre arrivée. J'appelle l'équipe technique.

— Non, dit Bébel en secouant la tête et en rangeant son arme. C'est inutile.

— On doit pouvoir trouver des traces, des indices qui…

— Rien. On ne trouvera rien. Tout simplement parce qu'il n'y a jamais rien eu ici.

— Comment ça ?

Bébel tourna sur lui-même, les bras écartés, montrant l'entrepôt dans son ensemble.

— C'était un piège.

— Un piège ?

— Oui, un appât. Un traquenard. Un guet-apens. Un attrape-nigaud.

Sa verve était inépuisable.

— En fait, si. Ils vont trouver quelque chose. Et vous savez ce qu'ils vont trouver ? Des micros et des caméras miniaturisées. Tout ça n'était qu'un coup monté, un moyen pour nous faire venir et nous ficher. Il y a maintenant les trombines de toute la BPI entre les mains de nos ennemis.

— Tang Jie ? m'étonnai-je.

— Évidemment. Il faut le comprendre : nous lui foutons moins la trouille que les services de sécurité de son propre pays. Allez, les gars ! On remballe.

Il tapa dans les mains et nous le suivîmes en direction de la sortie.

— Il n'a pas dû hésiter longtemps, continua à nous expliquer Bébel par-dessus son épaule. Quand nous l'avons laissé devant son ambassade, il est allé directement raconter ce qu'il s'était passé. Et les autres ont saisi l'occasion au vol.

Nous abandonnâmes le bâtiment et remontâmes dans les voitures.

— Mais il nous a pourtant donné des informations, insistai-je.

— Aucune, quand tu y regardes bien. Uniquement des choses que nous savions déjà ou que nous n'allions pas tarder à savoir, comme le nombre de clones arrivés sur Terre.

Il leva un index et le secoua avec énergie.

— Un coup magnifique ! Il faut le reconnaître.

— Vous avez l'air de le prendre bien.

— On ne peut pas toujours être le meilleur.

Naturellement, son surprenant ton guilleret ne dura pas. Au fur et à mesure de notre trajet, Bébel, perdu dans ses pensées, devint de plus en plus taciturne. Il finit par s'enfermer dans un mutisme inquiétant. Le temps d'arriver à la DGSI, il bouillonnait de rage. Il bondit de la voiture et s'élança vers les locaux de la brigade. Favreau se précipita à sa suite, préoccupé par ce qui risquait de se produire. Je veillai à ne pas me laisser distancer.

Bébel atteignit la salle d'interrogatoire où il avait laissé Tang Jie. Il ouvrit la porte violemment, l'envoyant rebondir contre le mur, dépassa le policier médusé qui était préposé à la surveillance du suspect et se dirigea d'un pas lourd vers ce dernier. Même s'il s'attendait à cette confrontation au retour du guet-apens que ses compatriotes avaient planifié, la peur se lisait sur le visage de Tang Jie.

Il s'était levé lors de l'irruption de Bébel et reculait maintenant vers le mur du fond. Ne possédant pas de pouvoirs de passe-muraille, il finit par être acculé dans un angle. Bébel leva un poing. En panique, Favreau s'y agrippa pour tenter d'éviter la bavure.

— Chef, chef, non, ne faites pas ça !

— Et pourquoi pas ? gronda Bébel. C'est pourtant tout ce qu'il mérite, ce petit merdeux, prétentieux et fourbe.

— Oui, sûrement, mais vous allez avoir des problèmes. On va tous avoir des problèmes, rectifia Favreau, accroché des deux mains à la manche de son supérieur. Ce n'est pas un mafieux clandestin, mais un cadre supérieur qui a pignon sur rue !

J'étais resté sur le seuil, ne sachant quelle conduite adopter. Bébel, à force de secouer le bras, réussit à faire lâcher prise à son adjoint. Il s'approcha de Tang Jie qui leva les mains pour se protéger le visage.

— Chef, non ! glapit encore Favreau.

— T'as peur que je laisse des traces ? T'inquiète pas, le rassura Bébel. En France, on n'a plus de bottin, mais on a des idées.

Il saisit sa cible par les cheveux et lui imprima des secousses. Tang Jie cria d'arrêter.

— Tu fais moins le malin, maintenant, hein ? Tu t'es bien foutu de nous ? Tu t'es bien amusé ? Comme un gamin qui fait des bêtises pour passer le temps ? C'est ça ? Pas de problème : s'il faut te traiter comme un mioche, on va te traiter comme un mioche.

Il lui lâcha les cheveux et lui attrapa le lobe de l'oreille qu'il tordit.

— Un petit mioche, c'est tout ce que tu es.

Il tira l'oreille vers le bas, entraînant Tang Jie, l'obligeant à s'agenouiller. La sueur perlait sur le front du prisonnier et lui dégoulinait dans le cou. Son beau et couteux costume était froissé. Mais ses yeux relevés vers Bébel exprimaient une haine féroce.

— Assez ! éructa-t-il.

— Tu n'as pas dit « s'il-vous-plaît », lui fut-il répondu.

— Il faudrait peut-être s'arrêter là, suggérai-je.

— T'as entendu ? hurla Bébel dans l'oreille qu'il tenait. Il est plus gentil que moi, lui. Moi, j'aurais continué. Et estime-toi heureux que je ne t'ai pas donné une fessée déculottée.

Il le lâcha, se détourna et revint vers la porte. Tang Jie se releva lentement.

— Vous, les Occidentaux, articula-t-il lentement d'une voix hachée par la rage contenue, vous nous méprisez et nous voyez comme des inférieurs et des enfants, alors que nous avons des millénaires de civilisation. Vous rampiez encore dans votre crasse quand nous avions déjà une écriture.

Bébel haussa les épaules.

— Notre mépris vaut bien le vôtre.

— Vous fanfaronnez comme vous le faisiez déjà au moment des guerres de l'opium.

— C'était il y a cent cinquante ans.

— Vous nous avez attaqués pour nous forcer à ouvrir notre pays à la drogue, qui décimait nos forces vives. Vous nous l'avez vendue au nom de la liberté du commerce. Vous nous avez imposé des traités iniques.

Nouveau haussement d'épaules.

— Quel rapport ?

— Le rapport ? Les clones ont été répartis entre les principaux ports de l'Union européenne : Rotterdam, Le Havre, Hambourg, Anvers, Valence. Via des gangs de chez vous, ils vont servir à développer le trafic de drogue. De toutes les drogues. Nous allons inonder le continent comme vous l'avez fait jadis avec nous. Vous serez déliquescents et nous en profiterons pour vous imposer nos conditions. Œil pour œil.

Je m'attendais presque à ce qu'il pousse un ricanement de dément, comme dans les films dans lesquels un psychopathe narcissique annonce qu'il va devenir le maître du monde, de la Lune et de la constellation de la Lyre. Mais il se contenta de fixer Bebel d'un œil mauvais.

— Nous vous en empêcherons, affirma le policier d'un ton indifférent avant d'étouffer un bâillement provocateur.

L'autre eut un hoquet d'indignation et repartit de plus belle.

— Vous n'allez rien empêcher du tout ! Vous êtes désormais fichés. Tous les clones vont être concentrés sur vous. Ils vont vous traquer et vous éliminer un par un. Vous et ceux qui bossent pour vous, ajouta-t-il en m'accordant un regard appuyé.

Une sueur froide descendit le long de ma colonne tandis que j'imaginais une horde de clones se bousculant pour tenter de m'arracher les entrailles le premier. Bébel demeura de marbre.

— Eh bien, que le meilleur gagne.

Et il sortit de la pièce. Favreau et moi lui emboîtâmes aussitôt le pas. Je n'avais aucun désir de rester dans cette pièce. Dans le couloir, une fois la lourde porte fermée, un large sourire s'épanouit sur le visage de Bébel. Sortant de la salle adjacente, Marianne et Schwarzy nous rejoignirent.

— Qu'est-ce qu'il y a de drôle, demanda ce dernier, croyant avoir raté quelque chose.

Nous observâmes tous Bébel à la recherche d'une explication. Celui-ci nous regarda comme si c'était évident.

— C'est bon, on sait maintenant ce qu'ils projettent. C'était le but, non ?

— Quoi ! m'exclamai-je. Tout ça n'était qu'une comédie ?

— Évidemment, répondit Bébel. Si j'avais voulu me venger de lui, je lui aurais tout simplement collé un pain dans la tronche.

Nous n'en revenions pas. Sauf Favreau, qui était dans la confidence et un peu honteux s'absorbait dans la contemplation de ses pieds.

— C'est tellement facile. Plus un gars a de la fierté rentrée, plus il est manipulable.

— Vous avez magouillé ça pendant le trajet retour ?

Je ne voyais pas bien quand il avait programmé ça avec Favreau.

— Non, bien avant. Hier soir, en fait. En programmant l'arrestation de Tang Jie.

J'avais besoin d'une chaise pour m'asseoir. Marianne reprit ses esprits la première.

— Mais vous ne pouviez pas savoir qu'il irait voir les services de sécurité de son pays pour préparer un guet-apens.

— Si, affirma Bébel avant de nuancer. Bien sûr, il y a toujours un risque de se tromper, mais on a essayé de mettre toutes les chances de notre côté. C'est une question de raisonnement. Par exemple, si Tang Jie connaissait chacun des chaperons des clones et qu'il constatait que celui de Rotterdam était maintenant avec la BPI, alors il ne manquerait pas d'alerter les renseignements chinois. Du coup, quand il est monté dans la voiture et a tiqué en voyant Aristote, j'ai compris qu'il l'avait reconnu et que c'était gagné.

Je ne trouvai pas les mots pour répondre à ça, mais le regard que je jetai à Marianne signifiait clairement : « et après, tu dis qu'il ne nous manipule pas vraiment ? ».

— Je n'y crois pas une seule seconde ! s'exclama-t-elle pour faire bonne mesure. Vous n'auriez pas laissé toute la brigade se faire ficher. Vous n'auriez pas mis en danger vos gars.

— Exact…

Il s'interrompit, car des cris assourdis nous parvinrent en provenance de la salle d'interrogatoire. Tang Jie s'était enfin rendu compte qu'il en avait trop dit et réclamait un avocat à cor et à cri, ainsi que la protection de son consulat et peut-être même l'intervention des casques bleus et de la police montée canadienne.

— Occupe-toi de la paperasse pour que nous puissions le garder au moins un mois, ordonna Bébel à Favreau. Vous autres, venez avec moi. Il y a trop de bruit ici.

Et il nous entraîna le long du couloir.

— C'est légal, ça ? s'interrogea Schwarzy. Vous devriez pas appeler un juge ou un truc du genre ?

— Dans le monde de l'espionnage et du contre-espionnage, nous adaptons un peu les règles.

Pour sûr.

— On parlait de la descente de tout à l'heure, lui rappelai-je.

— Tout à fait. Nous avons recruté des figurants.

— Pardon !

Là, je m'arrêtai net. Schwarzy, derrière moi, me rentra dedans. S'ensuivit un moment de confusion au cours duquel il y eut plusieurs coups de coude et quelques injures bien senties de part et d'autre. Quand nous reprîmes le fil de notre discussion, je n'étais toujours pas remis de l'annonce faite par Bébel. Je m'étais complètement fait berner.

— Tous ceux qui ont participé à la descente ont été engagés hier sous le prétexte du tournage d'un clip de recrutement pour la police.

— Mais Favreau et vous, vous êtes maintenant fichés, pointa Marianne.

— Et moi aussi ! m'insurgeai-je.

— Oh, pour Favreau et moi, c'était probablement déjà le cas : la tête est toujours trop visible. L'important était de préserver les autres. Et pour Aristote, c'était malheureusement indispensable : le chaperon devait être présent pour faire plus réaliste.

— Et maintenant, il risque de se faire tuer. Tang Jie l'a clairement visé, lui rappela Marianne.

— En effet. Ce serait dommage : je me suis habitué à sa bouille actuelle. Mais bon – son sourire indigeste réapparut –, ce n'est pas comme s'il ne pouvait pas ressusciter !

J'eus envie de lui arracher la carotide avec les dents.

— Mais vous, non.

Haussement d'épaule.

— Les risques du métier.

— Et on ne sait toujours pas où se trouvent exactement les clones, ce qui les attire, à quelles organisations ils ont été prêtés, etc.

— Oui, ça, c'est un problème. Il nous faut un plan.

Favreau revint.

— La paperasse est en cours.

— Parfait. Nous étions en train de dire qu'il nous fallait un plan simple et efficace pour la suite, continua Bébel.

— Appât ? devina Favreau.

— Évidemment.

Et je ne doutais pas un seul instant de qui allait jouer cet appât.

Bébel et Favreau nous laissèrent seuls pour aller peaufiner leur plan. Nous montâmes à la cafétéria prendre un verre. Enfin, une canette de soda, car à l'intérieur des locaux de la DGSI, il n'y avait pas d'alcool à disposition.

Je broyais du noir. L'absence de réponse complète depuis le début de cette histoire et la perspective de servir d'appât une énième fois me minaient le moral. Schwarzy essaya en vain de me le remonter.

— C'est normal qu'ils raisonnent comme ça : c'est le meilleur moyen de mettre hors de combat les clones, non ?

— On ne sait même pas ce qui les attire, nuançai-je.

— On ne sait pas quoi, mais on sait qui : toi !

Comme tentative pour me rasséréner, on avait déjà vu mieux. Ne pouvant noyer mon chagrin dans l'alcool, je plongeai mon regard dans le fond obscur de mon Pepsi. Je regrettais de ne pouvoir m'envoyer une bonne pinte bien fraîche. J'eus une pensée nostalgique pour le Cluricaune, mais ma dernière visite là-bas ayant coïncidé avec la première attaque d'un clone, mon ardeur s'éteignit aussi vite que la lucidité d'un fumeur de crack. Et puis, compte tenu de la situation actuelle, il était peu probable qu'on me laisse y retourner tant que l'ultime clone traînait ses yeux inexpressifs dans les parages.

C'est incroyable de voir avec quelle fréquence je peux me tromper.

CHAPITRE 19

L'APPAT

— Mais c'est une idée excellente ! avait – paraît-il – répondu Bébel à Favreau quand ce dernier avait suggéré de reproduire les conditions de la première agression, à défaut de savoir ce qui réellement attirait les Anonymes.

Ce fut ainsi que je me retrouvai accoudé au Cluricaune à déguster une pinte de Kilkenny. Le pub, le quartier et le parc adjacent présentaient une densité de policiers supérieure à celle de la Préfecture de Police. Jamais cobaye n'avait été mieux traité. Pour autant, mon moral avait encore dégringolé, passant des chaussettes à la cave, au milieu des rats et des secrets de famille sordides.

Après trois pintes, je décidai d'aller aux toilettes, ce qui causa un certain flottement chez mes anges gardiens, qui ne pouvaient tous décemment s'y presser. Le calme revint, une fois que j'eus réussi à vider ma vessie sans me faire trucider par un autre clone.

Puis, j'en eu assez et pris le chemin du retour. Pour parachever le principe de l'appât et tout remettre dans les mêmes conditions, nous avions été autorisés à réemménager dans l'appartement de Levallois donnant sur le parc. Je traversai ce dernier au milieu d'ombres mouvantes dont j'ignorai s'il s'agissait de celles des arbres ou de celles de mes protecteurs. Malgré une lenteur calculée, je finis par arriver dans l'appartement où se trouvaient Marianne et Schwarzy qui avaient suivi ma progression par radio interposée.

La sonnette de la porte d'entrée dans mon dos tinta. J'hésitai, risquai un coup d'œil par le judas et ouvris. Bébel, suivi de Favreau et de plusieurs autres blousons de cuir, passa le seuil.

— Bon, ça n'a rien donné, constata-t-il avec un sens de l'analyse impressionnant.

— Du coup, on fait quoi ? demandai-je d'un air las.

— Quelle question ! On remet la ligne jusqu'à ce que ça morde.

Je servis donc de lombric se tortillant au bout d'un hameçon pendant encore une semaine. Tous les soirs, je m'accoudais au comptoir du Cluricaune pour boire mes trois pintes. Le patron du pub était prêt à me décerner le diplôme du client fidèle. Ou de l'alcoolique du mois. Mon travail journalier se résumait à cela. Si on avait publié ma fiche de poste de ce temps-là, cela aurait déclenché une ruée mondiale : nourri, logé, payé en échange de soirées à boire de la bière… Les candidats n'auraient pas manqué.

En attendant, les résultats étaient proches du néant. Il y avait bien eu une légère excitation une fois quand un clochard s'était approché en titubant, mais les quatre agents de la BPI qui lui étaient tombés dessus – et l'avaient immédiatement regretté – avaient pu constater que ni l'odeur, ni la crasse n'étaient des camouflages.

À la fin de la semaine, Bébel nous rassembla à la DGSI. Il dut admettre l'évidence et rendre les armes.

— Vous rentrez chez vous. Nous nous voyons demain et nous verrons bien ce qu'auront donné les réflexions de la nuit.

Il ajouta toutefois à mon adresse :

— Mais vous, vous restez sous protection, Aristote. Vous aurez un garde du corps avec vous 24 heures sur 24.

— C'est bien beau, mais il va dormir où ton gorille ? me lança Marianne comme nous nous éloignions.

— Tu pourrais reprendre ton activité et l'accueillir dans ta chambre, fis-je de mauvaise humeur, la perspective de continuer à être sous surveillance ne m'enchantant pas plus qu'elle.

— Ah, ah, ah. Alors, là, mort de rire. T'en as d'autres des blagues pourries dans ce genre ? Comme ça, vous pourrez vous raconter des histoires drôles toute la nuit, ton garde du corps et toi.

Nous n'approfondîmes pas le sujet, car le policier qui devait prendre le premier tour de la fonction garde du corps arriva sur ces entrefaites.

Quand nous quittâmes la DGSI, il se plaça à une dizaine de mètres, sans grande discrétion. Cependant, en ce froid début de soirée, les divers passants n'y prêtaient guère attention. Quant aux clones, les rares – mais trop nombreuses à mon goût – rencontres avec eux ne permettaient pas réellement de savoir s'ils étaient capables d'analyser quoi que ce soit.

Nous parlâmes peu. Schwarzy avait dégoté un paquet d'oursons à la guimauve et les ingurgitait avec appétit. Une fois devant l'entrée de notre immeuble, je laissai mes colocataires rejoindre notre appartement et partis déambuler, mon gorille sur les talons et des écouteurs à mes oreilles.

Morfinómano en China, desertor en la guerra,
Boxeador en Detroit,

Encore cette chanson : *La del pirata*. Bien appropriée. Était-elle un reflet de mon existence ou de celle des Anonymes ? Au fond, les clones et moi n'étions peut-être pas si différents. Nous ressemblions à des parasites nous coulant dans des vies qui n'étaient pas les nôtres : eux par mimétisme et remplacement, moi par occupation d'un corps vacant après une fin de bail brutale.

Je traversai le grand parc au milieu des ombres qui s'allongeaient et des braillements des bambins qui refusaient de rentrer chez eux, réussis à traverser la rue en esquivant une trottinette électrique qui circulait en sens inverse et les voitures qui ne respectaient pas le passage pour piétons et parvins devant l'hôtel de ville.

Les fêtes de Noël approchaient à grands pas et les ornementations déprimantes fleurissaient sur le mobilier urbain, les façades des bâtiments publics et les vitrines des magasins. Cela me fit repenser à « mon » petit-fils martiniquais. Je me demandais ce qu'il devenait et si je devais lui acheter un cadeau. Mais quoi ? Je pouvais difficilement demander conseil à mes colocataires : Schwarzy ne comprendrait pas et Marianne se foutrait de moi. À mon garde du corps ?

Je jetai un œil derrière moi, secouai la tête et pressai le pas. Je me rapprochai du quartier saturé de lumières, de décorations et de bruits. J'avisai un gymnase municipal où se produisait une quelconque rencontre sportive. J'y pénétrai et m'installai dans les gradins, mon ombre s'asseyant deux rangées au-dessus de moi.

C'était un match de handball féminin. Les Levalloisiennes menaient au score, mais de seulement deux buts. Les contacts étaient fréquents, les impacts violents. Quasiment du rugby d'intérieur. La défense des adversaires finit par se craqueler dix minutes avant la fin et les locales s'imposèrent avec cinq buts d'avance.

Tout en me demandant pourquoi j'avais envisagé offrir un cadeau à mon ancien petit-fils, je me levai et pris le chemin du retour. Mon ange gardien avait été relevé pendant le match et j'entendis derrière moi le nouveau, repérable à son blouson de cuir marron, actionner un briquet et allumer une cigarette. Un fumeur. La deuxième mi-temps avait dû lui sembler longue. Quand il monta dans l'ascenseur avec moi, une odeur d'incinérateur emplit la cabine.

En entrant dans l'appartement, une certaine excitation était palpable. Schwarzy et Marianne me sautèrent immédiatement dessus.

— T'étais où ?

Ce n'était pas de l'inquiétude. Ils eurent un moment d'hésitation en apercevant mon garde du corps qui venait d'entrer à ma suite et se regardèrent, hésitants. Schwarzy réagit à sa manière en tendant un paquet de biscuits.

— Vous voulez un Prince ?

Le flic resta interdit. Marianne leva les yeux au ciel et reprit l'initiative :

— Vous voulez boire quelque chose, dit-elle en le traînant vers la cuisine.

— Je veux bien un soda, si vous avez.

Dès qu'il s'éloigna, Schwarzy me lança un petit carton comme s'il jouait au frisbee. Je l'attrapai au vol et l'étudiai discrètement en me tournant du côté opposé au coin cuisine. Il s'agissait d'une carte postale. L'image représentait un bâtiment constituant un exemple typique d'art soviétique : massif, sans fioritures, fonctionnel et esthétiquement repoussant. Des lettres jaunes indiquaient l'identité de l'édifice : « université d'Etat ». Je tournai la carte. À côté de notre adresse, n'apparaissaient que les caractères suivants :

10 G

En-dessous, s'étalait la signature d'Alexandre. Le timbre, biélorusse, avait été oblitéré la semaine passée. Entre le Canada et le Tadjikistan, notre ami ufologue était donc passé, non à Ankara, mais à Minsk. Comme Bébel plus tôt, je me demandais bien ce qu'il avait pu aller faire là-bas. Schwarzy, lui, tout excité, me serra le bras.

— C'est en rapport avec nos pouvoirs, c'est certain ! murmura-t-il en luttant pour ne pas laisser exploser sa jubilation.

— Ça veut dire quoi « 10 G » ? demandai-je, nettement moins enthousiaste.

— C'est un code ; c'est certain. Il a été obligé : il ne pouvait pas nous donner l'information comme ça.

— D'accord. Très bien. Mais concrètement ?

Nous nous interrompîmes, car mon garde du corps traversait le salon en laissant derrière lui un fumet de barbecue froid. En nous dépassant pour aller visiblement aux toilettes, il nous demanda si tout allait bien. Sitôt qu'il disparut dans les WC, Marianne vint nous rejoindre.

— Alors, ça veut dire quoi 10 G ?

— Justement, on n'en sait rien, déclarai-je irrité.

— Ça a peut-être un rapport avec la gravité ? suggéra Schwarzy. Le « g » est une mesure de gravité, non ? Si ça se trouve, on arrive à léviter. Ou à voler comme Superman !

Là-dessus, il ferma les yeux, se concentra et se mit à sauter sur place pour voir s'il parvenait à décoller et flotter dans l'air. Son excitation puérile, associée au message hermétique d'Alexandre, commençait à m'agacer fortement.

— Arrête, tu es ridicule.

— Pourquoi ? Toutes les semaines, on subit les tests humiliants des scientifiques en blouse blanche. Pourquoi on pourrait pas se débrouiller par nous-mêmes.

Sur ce point, il avait malheureusement raison. Ce qui m'énerva encore davantage. Mon gorille sortit des toilettes et fronça les sourcils devant le spectacle de Schwarzy sautillant au milieu du séjour.

— Il se passe quoi là ?

— Rien ! Je ressors.

— Ce n'est pas prudent, m'houspilla Marianne.

— T'es pas ma mère.

— J't'emmerde.

Nos conversations finissaient toujours par présenter la même chaleureuse convivialité. À regret, mon garde du corps me suivit dans la rue, puis dans un restaurant thaïlandais. J'espérai pour lui qu'il était remboursé de ses frais.

Je finis dans mon refuge habituel : le pub. Accoudé au comptoir, je passai les deux heures à enchaîner les pintes et à aller aux toilettes. À me morfondre aussi. La veille, Schwarzy m'avait prévenu que la dépression me guettait. Il se trompait : elle m'avait déjà mis le grappin dessus. J'irradiais à tel point la mauvaise humeur que personne ne s'approchait à moins de deux mètres, instaurant un étrange cordon sanitaire au milieu du pub. Une sorte d'Ébola psychique. Le seul qui pénétrait dans ma zone d'exclusion était le barman qui à chaque nouvelle bière commandée se demandait par quel miracle je tenais encore sur mon tabouret.

Personne ne m'approchant, je ne risquais pas de me faire agresser. J'aperçus mon ange gardien qui se levait pour aller fumer une cigarette. Sa troisième depuis notre arrivée. Sa femme avait-elle conscience d'être mariée à un cendrier ?

Je me replongeai dans ma pinte. Une ambrée. J'avais décidé initialement de tester la moitié des bières de la carte. J'avais largement perdu le compte. Mon protecteur revint à sa table. Je me dis qu'il était temps de rentrer. Je payai pour lui aussi. Après tout, je lui avais gâché la soirée. L'addition me propulsait au statut de bienfaiteur du pub. Nous touchions au mécénat.

Je tapai rapidement mon code de carte bancaire à la grande surprise du barman qui s'attendait à ce que les brumes de l'alcool entraînent le blocage de ma carte après trois tentatives erronées. Il fut encore plus étonné de me voir descendre du tabouret sans tomber et marcher sans tituber.

Dehors, le vent était plus violent et plus mordant que je ne le pensais. Derrière moi, j'entendis le garde du corps sortir dans la rue. Je me pressai vers le parc par les rues désertées et au milieu des bourrasques dont le vacarme masquait tous les sons. J'avais déjà traversé la moitié du parc quand une accalmie abaissa le volume sonore ambiant. Je perçus à nouveau les pas du policier.

Quelque chose clochait. Il se trouvait bien trop près. Il était supposé me suivre à une dizaine de mètres. J'allais me retourner pour lui faire la remarque, quand un choc au niveau des reins m'envoya au sol. Je sentis un corps s'installer à califourchon sur mon dos. Une main m'agrippa les cheveux et me souleva la tête pour la propulser brutalement contre le revêtement de l'allée. L'os de ma pommette gauche se fractura en de multiples morceaux. Ma tête fut ramenée en arrière une deuxième fois.

Je finis par m'insurger. Je pivotais, frappai de mon coude l'avant-bras de mon adversaire qui me lâcha et d'une ruade je l'envoyai rouler sur le côté. Je bondis sur mes pieds et lui fis face, en me demandant ce que fichait mon escorte. Je compris ce qu'il en était advenu en voyant mon agresseur se relever. Il affichait mes propres traits physiques, à l'instar des attaques de clones précédentes, mais les excroissances qui figuraient les vêtements étaient encore celles du garde du corps. Ce dernier avait dû se faire éliminer lors de sa dernière pause tabagique. Les paquets de cigarettes avaient raison : fumer tue. Au moins le clone lui avait épargné la lente agonie d'un cancer du poumon. Mais pas par altruisme.

Il déclencha les hostilités par un direct du droit qui me frôla mais que je parvins à esquiver, contrairement à la manchette du gauche qui suivit. Ensuite, sur l'enchaînement de coups de pied et de poing qu'il m'infligea, je ne pus en neutraliser que deux. Ce premier assaut s'acheva pour moi avec un bilan peu fameux. Pour autant que je pouvais en juger : deux côtes cassées, la moitié gauche du visage boursouflée, le foie aussi douloureux que si je souffrais d'une cirrhose et des hématomes partout. Malgré le froid que n'arrêtaient plus mes vêtements en lambeaux, je transpirais à grosses gouttes

En face de moi, le clone restait imperturbable. Je n'avais pas récupéré mon souffle qu'il initiait déjà une nouvelle séquence d'attaques. Je bloquai les trois premières, puis je ne pus rien faire d'autre qu'encaisser. Un coup me brisa une côte supplémentaire qui s'enfonça dans un de mes poumons ; un autre me fractura la mâchoire inférieure ; un troisième me détruisit la rotule droite. Je chutais lourdement et il en profita pour s'asseoir de nouveau sur moi. Il n'était même pas essoufflé et pendant le combat son organisme avait gardé suffisamment de force pour finir l'évolution des pseudo-vête-ments. Décidément, je n'étais pas de taille.

Le clone passa ses mains autour de mon cou et selon le schéma que je commençais à connaître s'abîma dans l'extase pendant que moi-même sombrait dans l'agonie. La même posture, la même strangulation, la même transe béate. Au fin fond de mon cerveau privé d'oxygène, aux synapses perturbées par toutes les alarmes physiologiques qui se déclenchaient, un début de lueur apparut.

Les craquements de ma trachée entraient en résonnance avec les palpitations du sang qui s'accumulait dans ma boîte crânienne. Ma bouche s'arrondissait de plus en plus. La tête de mon tortionnaire basculait progressivement en arrière. Sur ses traits, se lisait un sentiment de joyeuse plénitude. Dans mon esprit, la lueur prit de l'ampleur jusqu'à tout occulter. Et alors, je compris.

Soudain, tout s'arrêta : la lumière blanche, la pression sur ma gorge, le feu dans ma tête, le poids sur mon corps. Une goulée douloureuse d'air froid força un passage jusqu'à mes poumons torturés. Je hoquetais et entre deux spasmes m'efforçais d'analyser la scène qui se déroulait à côté de moi.

Le clone était à terre, inerte. Au-dessus de lui, un colosse le frappait avec la régularité d'un métronome et la puissance d'une presse hydraulique dans une usine sidérurgique.

— Je vais te bouffer !

Le poing qui montait et descendait avec constance avait déjà fracassé le nez du clone et éparpillé des morceaux de dents. *Tchonk, tchonk, tchonk.* Le bruit devenait spongieux.

— T'entends ? Je vais te bouffer. Tu touches plus à mon pote.

À chaque impact, des gouttes non identifiées m'éclaboussaient.

— C'est bon. Il ne me touchera plus, murmurai-je d'une voix faible.

— Qu'est-ce que tu dis ? s'enquit Schwarzy sans cesser son pilonnage.

Je repris une grande goulée d'air. Malgré le froid et la souffrance, l'oxygène qui emplissait mes alvéoles pulmonaires ma paraissait plus merveilleux que la plus belle œuvre d'art du monde. Déjà, les différentes plaies, fractures et hématomes qui parsemaient mon organisme débutaient leur processus de résorption.

— Je dis que tu peux arrêter.

— Pourquoi ?

— Je sais quel est notre super pouvoir.

CHAPITRE 20

DE LA THEORIE A LA PRATIQUE

— **P**ourquoi vous ne nous avez pas parlé de la théorie qu'avaient avancée vos blouses blanches ?

Une équipe de scientifiques se trouvait dans la salle contiguë avec Schwarzy et depuis le matin, ils testaient justement leur théorie. J'avais préféré passer mon tour. Schwarzy quant à lui était ravi de pouvoir jouer avec ses nouvelles capacités.

— Ce n'était qu'une théorie. Rien de sûr, se défendit Bébel.

Tu parles ! À sa place, moi aussi je me serais inquiété en m'imaginant les dégâts que pouvaient provoquer deux extra-terrestres dotés de telles facultés au milieu des humains. Surtout en écoutant les rires enfantins qui dans la salle adjacente suivaient chaque bruit d'éclatement. Les murs allaient devoir être repeints.

— Et vous pensez réellement que c'est ça qui attire les clones ? demanda Bébel.

Il ne cherchait pas seulement à changer de sujet. Il montrait également sa vraie préoccupation : si notre pouvoir était la clef de toute cette histoire, la rétention de l'information avait conduit à retarder la résolution du problème… et à la mort d'un policier.

Le corps avait été retrouvé dans un chantier juste en face du pub. Les funérailles avaient eu lieu le jour même. L'enterrement d'un collègue est rarement une activité de cohésion plébiscitée. Généralement, les gens préfèrent une séance d'accrobranche, un match de foot en salle ou une simple fête alcoolisée. Alors si en plus, c'est une bourde du chef qui est à l'origine du drame…

Pour autant, je maintenais mon opinion.

— Je suis sûr de moi. Et ça coïncide avec les informations transmises par Alexandre.

Compte tenu de la menace qui pesait sur la BPI, Alexandre, loin de la maison mère et à proximité des adversaires du moment, avait été rapidement rapatrié. Il se trouvait actuellement en transit retour dans un aéroport du Moyen-Orient. Avant de quitter le Tadjikistan, il avait néanmoins eu le temps de nous faire part d'une rumeur dont il avait eu vent là-bas et qui corroborait mon point de vue. Bébel avait eu recours une nouvelle fois à l'imagerie satellitaire.

Nous nous penchâmes une nouvelle fois sur le cliché, posé sur la table devant nous.

— Bon, d'accord, concéda Bébel. Vous voulez commencer quand ?

— Le plus tôt possible. Dès ce soir ?

Bébel approuva de la tête.

*

*   *

Après la fermeture du parc, la BPI entama les préparatifs. On m'installa sous les arbres dénudés, dans un large et confortable fauteuil. Le dossier s'appuyait contre un gros rocher artificiel derrière lequel était censé initialement couler une cascade dans un bassin malheureusement désormais asséché.

La nuit était tranquille, sans vent, mais froide. Les Paranormaux avaient placé plusieurs couches de couvertures et de manteaux sur moi, puis s'étaient éclipsés pour se poster aux franges du parc en attendant d'intervenir. La voix de Bébel retentit dans ma tête.

— *C'est bon. On est en place. Vous pouvez y aller.*

Nous avions laissé tomber les noms de code stupides voulus par Schwarzy. Ce dernier, ainsi que Marianne, passait la nuit dans les locaux de la BPI. Les événements avaient montré que sa faculté d'attraction des clones était moindre, mais Bébel ne voulait prendre aucun risque.

Je me concentrai, arrondis la bouche et lançai mon appel. Le temps passa. Au début, il ne se passa rien. Je renouvelai mon appel toutes les minutes pendant deux heures.

L'ombre des grands troncs glissait sur moi au rythme du déplacement de la lune. Malgré le milieu fortement urbanisé, cette petite parcelle de nature anthropisée regorgeait de vie. Des bêtes remuaient dans les litières de feuilles mortes et une silhouette planante me survola. Je pensai à des blaireaux et des hiboux, mais il s'agissait plus certainement de rats et de pigeons de ville.

La soirée était déjà bien avancée quand Bébel vint me rejoindre.

— On remballe ?

J'acquiesçai. Je commençais à fatiguer. Les appels répétés épuisaient mon énergie et malgré les nombreuses couches de couverture, le froid me gagnait inéluctablement. En croisant les groupes de policiers qui rompaient le dispositif, je sentis la déception qui émanait d'eux. Ce n'était pas la première fois qu'ils réalisaient des planques qui n'aboutissaient pas au succès escompté. La semaine précédente avait été de cet acabit. Cependant, le besoin de revanche après la mort d'un camarade et ma foi dans cette nouvelle tactique avait suscité un espoir maintenant détrompé.

— Aristote, vous êtes sûr que …

— Oui. Demain, on recommence.

— O.K.

On m'escorta jusqu'à la DGSI, rejoindre Schwarzy et Marianne. Nous y dormîmes sur des lits métalliques. Le lendemain, nous y passâmes la journée, assez désœuvrés en attendant le soir. Sauf Schwarzy, qui poursuivait ses expériences.

À la nuit tombée, nous renouvelâmes les mêmes préparatifs. Toute la journée, des nuages noirs et lourds s'étaient accumulés dans le ciel. Alors que je m'installais sous ma couche de couvertures, une pluie fine et pénétrante engloutit la ville. Je ne renonçai pas pour autant à lancer mon appel. Après une demi-heure, les couvertures imbibées d'eau pesaient tellement qu'il m'aurait été impossible de me lever. Et le froid m'avait envahi au point que mes fémurs me faisaient penser à des Mr Freeze.

Aucune nouvelle des cordons de policiers en embuscade qui devaient se pelotonner comme ils le pouvaient : sous des porches ou des abris-bus pour ceux situés à l'extérieur ou sous un simple arbre sans feuille pour les malchanceux positionnés dans le parc. Même les rats et les pigeons de la veille étaient aux abonnés absents. J'étais tout seul. Néanmoins, je persistais mécaniquement dans mes appels.

Une heure après le début de ma séance de spirite pour clone, je perçus enfin le bruit d'un rongeur ou d'un autre animal. Avec le clapotis des gouttes de pluie qui interféraient, je tardai à le localiser. Quand j'y parvins, ce fut pour me rendre compte qu'il provenait du rocher derrière moi.

Une silhouette familière atterrit à un mètre de moi. Je voulus bondir sur mes pieds. En vain. Je m'empêtrai dans mes couvertures alourdies par l'eau. L'Anonyme avançait déjà ses doigts en direction de ma gorge. Heureusement, il glissa sur le sol détrempé. Je profitai du répit pour pencher brutalement mon corps du côté opposé de manière à faire basculer le fauteuil. J'y réussis et complétai le mouvement par une roulade qui m'éloigna de mon adversaire. Celui-ci, ayant retrouvé son équilibre, se précipita sur moi. Je n'avais le temps que pour une des deux options : soit contacter mes protecteurs, soit me défendre avec ma nouvelle arme. Je choisis la deuxième.

Je pinçai mes lèvres comme si j'allais siffler et envoyai toute mon énergie vers le clone. Ce dernier stoppa net. Sa face se décontracta tandis qu'il basculait sa tête en arrière. Je repris rapidement mon souffle et répétai l'opération. Les effets se faisaient sentir alentour, car je perçus des éclats de voix et celle de Bébel grésilla dans mon esprit, hachée par les interférences.

— *Aristote, tout va bien ? Il se passe quelque chose. Vous le sentez aussi ?*

Un peu que je le sentais. Mais je ne daignai pas répondre. Je poursuivis mon bombardement et à la quatrième salve les traits du clone, mes traits, passèrent de la plénitude à l'étonnement et la gêne. Puis, un rictus de souffrance apparut, de plus en plus prononcé à mesure que s'intensifiait mon émission. Des appels fusèrent dans le parc, mais les consignes de sécurité étaient de ne pas s'approcher, sauf avec des protections.

La peau du clone commença à se boursouffler. Enfin, des parties de son corps éclatèrent comme une pastèque dans un micro-ondes et il s'écroula. Moi-même, je tenais à peine debout. Et j'avais le sentiment de m'être suicidé, bien que je sache qu'il ne s'agissait que d'une copie de moi. Je tombai dans une obscurité qui me sembla sans fin.

*

*   *

Je passai la journée suivante à dormir et n'émergeai qu'en fin d'après-midi. J'appris que la veille, quand les policiers de la BPI étaient arrivés sur place, ils avaient trouvé nos deux corps effondrés. Mon plan avait fonctionné, même s'il m'avait vidé de mes forces.

Il fut décidé que Schwarzy me remplacerait ce soir-là et que nous alternerions un jour sur deux pour nous ménager. Son pouvoir d'attraction moindre sur les clones expliquait que celui qui s'était introduit à la DGSI n'ait même pas chercher à l'attaquer. Aussi, les blouses blanches lui avaient implanté une puissante puce afin d'amplifier son signal. Il était un peu vexé.

Nous nous retrouvâmes Marianne, Schwarzy et moi à la cafétéria devant un gobelet de boisson chaude non identifiée, en compagnie d'Alexandre enfin revenu de ses pérégrinations ufologiques.

— L'information que j'avais obtenue à Douchambé était donc exacte.

Il étudiait le cliché satellite que Bébel avait commandé. On y voyait les clones, peu de temps avant leur capture par les services de renseignements pakistanais, dans les montagnes où leur appareil s'était écrasé. Ils avaient parcouru des kilomètres pour aller s'agglutiner autour d'une antenne relais de téléphonie mobile perdue au milieu du relief tourmenté et pelé de la région.

— Les ondes électromagnétiques les attirent, alors ?

222

— En tous cas, les très fortes émissions, répondis-je. En y réfléchissant, ça doit fonctionner comme une drogue pour eux : ça les attire au point qu'ils ne peuvent y résister. Dans le pub de Rotterdam, mon état d'esprit d'alors a dû laisser une trace électromagnétique que le premier a suivie comme une piste. Le deuxième m'a repéré dans la voiture en planque pendant que je dialoguais à travers ma puce. À chaque fois qu'ils m'ont attaqué, ils ont cherché à me serrer le cou. La crise de panique que ça engendrait, la réaction à la strangulation, doit déclencher chez moi une émission d'ondes dont ils se délectent.

— Littéralement fascinant, commenta Alexandre, en hochant la tête en connaisseur.

Avec ses yeux clos et son visage extatique, il ressemblait lui-même aux clones, à la différence qu'il se droguait non aux ondes électromagnétiques, mais aux informations ufologiques.

— S'ils clonent leur victime jusqu'au moindre détail, y compris vestimentaire, et si dans votre cas ils copient même vos capacités physiques exceptionnelles, pourquoi ne possèdent-ils pas également vos pouvoirs électromagnétiques ?

— C'est une bonne question, répondis-je. On en a discuté. On se dit que peut-être ils ne parviennent à imiter que ce qu'ils constatent matériellement. Ou alors ce sont spécifiquement les talents électromagnétiques qu'ils n'arrivent pas à copier.

— Si nous sommes comme des phares, avec nos yeux rouges, déclara sentencieusement Schwarzy, eux ils sont comme un trou noir. Une vraie nature non électro-magnétique.

— Pas tout à fait, nuançai-je. N'oublions pas que les chaperons communiquaient avec eux via un appareil à ondes : les fameux bruits de modem dont le jeune truand néerlandais a parlé pendant son interrogatoire.

— Ce qui signifie que les Chinois disposeraient d'une longueur d'avance, observa Alexandre.

— Pour l'instant ! s'écria Schwarzy en bombant le torse.

Il était peut-être le premier extraterrestre chauvin de l'histoire française.

— En conclusion, il y a encore beaucoup de zones d'ombre, déclarai-je, mais on compte sur les psychopathes en blouses blanches avec leurs expériences à la noix pour découvrir les détails exacts.

— Mais pour en revenir aux ondes électromagnétiques, ça aurait quand même été plus simple de connaître le pouvoir des Poulpes. Et de le leur dire au lieu d'écrire « 10 G » sur une carte postale, lui reprocha Marianne.

— Je n'ai pas pu leur parler avant de partir et là-bas l'information aurait été interceptée, se défendit-il. Et puis… je pensais que vous n'auriez aucun mal à comprendre cette référence à de la 5G multipliée par deux.

— En plus, il nous traite de cons, se plaignit Schwarzy.

— Non, absolument pas ! En tous cas, c'est bien que vous ayez compris que vous étiez des… des…

— De véritables bombes électromagnétiques, complétai-je.

— Ou des fours micro-ondes sur pattes, railla Marianne.

— Je préfère la première version, maugréa Schwarzy en lui jetant un regard de travers.

— Ce qui est sûr, c'est que vous avez la capacité de moduler votre puissance d'émission ou de la focaliser sur une cible précise, dit Alexandre.

Après un moment, toujours les yeux fermés, il ajouta :

— C'est fascinant.

EPILOGUE

Ce qui était sûr – pour reprendre les mots d'Alexandre –, c'était que les Anonymes ne représentaient plus une menace. Leur destin était scellé. Le soir même, pour sa première séance, Schwarzy en abattit un. Le sien et le mien étaient probablement les plus proches : ceux affectés au port du Havre.

Les suivants n'apparurent qu'une semaine plus tard : ils venaient de plus loin. Nous continuâmes ainsi toutes les nuits pendant un mois, ne nous interrompant que pour Noël et le réveillon du Nouvel An. Schwarzy, qui rêvait tellement de les bouffer, avait finalement eu droit à son buffet d'extraterrestres anonymes.

Une fois, il nous en arriva trois la même nuit. D'autres fois, il fallut attendre des jours pour qu'un seul apparaisse. Au final, nous les neutralisâmes tous, nous offrant même le luxe d'en capturer une paire. Il suffisait de diminuer la puissance afin de les maintenir en état de transe sans atteindre l'overdose. Les agents de la BPI venaient les capturer sans qu'ils opposent la moindre résistance. C'est ce qui avait dû se produire dans les

225

montagnes à la frontière afghane quand ils s'étaient massés autour de l'antenne relais.

Très égoïstement, j'espérais qu'avec ces nouveaux jouets, l'équipe scientifique se désintéresse de Schwarzy et moi. Elle en aurait pour quelques temps à tester l'utilisation du boîtier-modem sur eux.

Outre cette paire de clones, les Paranormaux capturèrent aussi trois chaperons qui avaient réussi à suivre la piste de leurs protégés depuis Valence, Le Havre et Hambourg. La peur de leurs employeurs asiatiques était tellement forte qu'ils n'avaient informé personne de la perte des clones, nourrissant l'espoir de les rattraper et de les ramener avant que quiconque s'en aperçoive.

Grâce aux renseignements qui furent glanés, les réseaux locaux dans chaque port, ainsi que quelques antennes secondaires des Triades, furent démantelés, en liaison avec les autres polices européennes concernées.

On finit par relâcher Tang Jie. Je n'aurais pas voulu être à sa place.

L'aura de la BPI était de nouveau au zénith, les approximations de l'opération de Rotterdam oubliées, le décès d'un camarade vengé.

*

*   *

À la fin de janvier, pour nous récompenser, une fois le dernier clone éliminé, nous bénéficiâmes de trois semaines de congés, les plus longs jamais octroyés par la BPI. On nous envoya dans un petit village des Alpes appelé La Condamine.

Un des chalets avait été racheté quelques années auparavant au ministère de la Défense, qui s'en débarrassait.

— Une affaire ! s'était esclaffé Bébel. D'ailleurs, pour faire de bonnes affaires immobilières, on peut toujours compter sur les armées : on les oblige généralement à brader leur patrimoine foncier. Ils se font avoir à chaque fois.

Activités diverses en journée, gros repas caloriques au dîner, jeux de société, livres ou dessins animés de Tom & Jerry le soir. La vraie vie. Alexandre eut droit à une semaine avec nous et Bébel l'accompagna le temps d'un week-end.

— Tout est bien qui finit bien ! proclama Schwarzy alors que nous achevions une copieuse raclette.

Il s'était levé pour aller jeter par la fenêtre des restes de charcuterie à un chien qui traînait dans le village. Alexandre salua la déclaration d'un rire joyeux. Nous avions descendu cinq bouteilles de vin blanc et affichions une magnifique bonne humeur.

— Oui, enfin… ne nourrissons pas de faux espoirs, tempéra Bébel.

— Arrête de filer à bouffer à ce chien, s'énerva Marianne à l'encontre de Schwarzy. Après, il passe la nuit à aboyer à côté de la maison.

Elle avait enfilé une robe de soirée noire qui gainait parfaitement son corps de rêve. Les lueurs mouvantes du feu de cheminée caressaient superbement ses cheveux sombres réunis en une queue de cheval. Et dire que je ne gardais aucun souvenir de la coucherie que nous avions eue. J'évitai de lorgner sur elle trop visiblement, car je risquais une remarque désagréable ou pire. Schwarzy, penaud, revint s'asseoir et se servit un autre verre de vin.

— Comment ça : de faux espoirs ? demanda Marianne à Bébel, en revenant à la conversation avec un froncement de sourcils.

— Vous commencez à être connus. Par les services de renseignements des deux plus grandes puissances du globe. Par plusieurs réseaux mafieux. Par les Triades chinoises, énuméra Bébel en comptant sur ses doigts.

Il avait le chic pour détendre l'atmosphère. Nous nous absorbâmes dans la contemplation des flammes pour certains, dans celle des reflets du vin pour d'autres, dans celle de la robe noire de Marianne quant à moi.

— Rien n'est fini, en fait. Ce n'est que le début, constata Schwarzy devenu un exemple de la philosophie par l'alcool.

Après un silence qui s'allongeait, Alexandre porta l'estocade.

— Sans parler des visiteurs venus d'ailleurs. Il y en aura d'autres et les Anonymes n'étaient sans doute pas les plus dangereux.

Charmant.

Le pire est qu'il avait raison.

Table des matières

Chapitre 1 : Grognon 7

Chapitre 2 : Réprimandes et point de situation 17

Chapitre 3 : Jeux d'ombres 27

Chapitre 4 : Inquiétude et souffrances 39

Chapitre 5 : Sous les tropiques 49

Chapitre 6 : Acariâtre 59

Chapitre 7 : L'intrus au bonnet 73

Chapitre 8 : Effraction diplomatique 83

Chapitre 9 : Le monde vu d'en bas 93

Chapitre 10 : Instabilité corporelle 105

Chapitre 11 : Escapade bucolique 117

Chapitre 12 : À deux doigts de la résurrection 129

Chapitre 13 : Grognements 139

Chapitre 14 : Discussions dans une voiture 147

Chapitre 15 : Séance de torture à Rotterdam 159

Chapitre 16 : Séance vidéo à Paris 169

Chapitre 17 : Le cadre et l'officier de police 179

Chapitre 18 : Une partie d'échecs 191

Chapitre 19 : L'appât 205

Chapitre 20 : De la théorie à la pratique 217

Épilogue 225